くすぶり

出口 真理子

文芸社

目次

プロローグ

これは、昭和四十年代、阪急・淡路駅近郊にたむろしていた十代の不良たちの物語である。

京都のU初等少年院を十五歳で出てきた俺、竜夫は、ブラブラと淡路駅前の商店街を歩いていた。一年半前は、よくこの商店街で他校の生徒や同年代のチンピラたちに因縁をふっかけては「カツアゲ」(恐喝)を繰り返し、遊興費を作っていたもんだ。この辺も全然変わってないな……と、辺りを見回しながら一年半前のことを思い出していた。

やんちゃしていた中学三年に入ってすぐの俺は、その日、いつもの仲間と学校をサボり神崎川の土手でタバコを吸いながら、「おい、なんかおもろいことないか」とタロと千吉に言った。

「そうやな……竜ちゃん、四、五人で宝塚でも行こか」

と千吉が言う。

「よっしゃ、行こ、行こ。キー坊やヒロシも呼んでこいや」

俺たちは遠出してなにか物珍しいものでも探して退屈な時間をつぶそうと思いながら、皆で阪急電車に乗って宝塚に行った。学生服姿のまま阪急・淡路駅から急行に乗って十三駅まで行き、そこから宝塚線に乗り換えた。

俺たちは車内でワイワイガヤガヤ大声で冗談を言ったりふざけて騒いだりしていたので、皆がジロジロとこちらを見ていた。日曜日や休日でもない普段の日のこんな時間だから、電車内の人たちはさぞおかしいと思っただろう。

宝塚ファミリーパークに着いた俺たちは、動物を見たり、ジュースやコーラを飲んだり、菓子を買って食べたりして時間を過ごした。普段の日とあってあまり人もいなくて、俺たちだけがよく目立っていた。一時間ほど園内をウロウロして遊び回った後、俺たちは同じような学生服姿の一群を見つけた。相手も俺たちを先ほどからジロジロ見ていた。

「あいつら、なんや。さっきからこっちずうーっと見とるが、なんや文句あるんか。誰か聞いてこいや」

俺が誰にともなしに言ったら、千吉が相手の所に行き二言、三言なにかを言ってもどってきた。

「お前ら、どこの者や。あんまりこの辺で見かけんが、どっから来てん」

こない言ってるでと千吉が言う。そこで俺は相手の所に行き、

「なんやて、どこから来てようが勝手やろ。ケンカ売ってるんか」

と言うと相手も、

「なんや、お前ら、どこの学校や。こんな所でサボって喜んでるんやから、そうとうイモやのう」

俺はその言葉にカチンときて、

「イモか大根か知らんけど、お前らも退屈してるんやったらケンカでもしょうか」

と言ってやると、

「おー、上等やんけ。やるんやったらやったたったたらぁ」

と意気込んできた。

「この山ザルが能書きたれてケンカ売ってきとるぞ。どないする」

俺が皆にそう言うと、皆が、

「おもろいがな。いわしたろうぜ」

と言うなり大乱闘になってしまったので、俺は、そこにあったコーラの空きビンで思いっきり叩いてやった。

ビンは頑丈にできているのか、一発では割れず鈍い音がしただけだったが、叩かれた相手は相当こたえたのか戦意を喪失したみたいだった。叩かれたほうもびっくりしていたが、周りの者たちも驚いて、一瞬なにが起きたのかわからなかったようだ。

蹲《うずくま》っている奴を見つめて俺は勝ったぞと思い、左手にコーラの空きビンを持ってそいつに近づき、

「こら、まだやるんか。もう一発どついたろか」

と言うなり、また相手の頭を空きビンでどつき上げた。今度はコーラのビンも粉々になり、相手の頭はパックリ割れて血がパッと吹き出し、辺りは鮮血で真っ赤に染まった。

これを見て味方も敵も一目散に逃げ出し、ふっと気がつくと、俺一人が唖然として立ちすくんでいたのだった。

すると、五、六分して一銭ポリ公（下っ端の警官）が四、五人来て、俺はあえなく御用となり、兵庫県警宝塚署で調べを受けるはめになったのだ。俺は少年課の取調べ室に入れられ、刑事にいろいろなことを聞かれた。名前や住所や学校やら、なんで学校があるのになんでこんな所まで来てるのやとか……。

「毎日学校さぼってこんなことばかりしてるのか」

と大声で怒鳴られた。

俺が内心、これはえらいことになったぞ、どないなるんかな、学校にばれるやろうなとか、おかんにどない言い訳しょうとか考えていると、知らせを聞いたのか担任と母親が取調べ室の外に来ていた。母親は俺を見るなり、飛びかかってきて平手でバチバチと頭や顔をどついた。泣きながら訳のわからん言葉を発して、バチバチどついてきた。

一緒に学校をサボってケンカした仲間も皆警察にパクられて調べを受けていた。俺は心の中で、まあ普段からやんちゃしているが初めてのことやし、謝ったら許してもらえるやろうし、神妙に反省している振りしといたらええわと軽く考えていたのだが、なんや雲行きが怪しくなってきた。時間が経つにつれ、仲間が一人また一人と親たちと警察を後にしていく。残ったのは俺一人だけで、母親と担任と刑事がなにか話し合っていた。俺は、このまま帰れないのとちがうかなと思いつつ、小声で母親に、

「おかん、堪忍や、許して。もう学校サボッたりせえへん。まじめにするから」

と言ったら、母親から、

「アホか、お前は。相手は大怪我して大変なんや。うちは慰謝料や治療費なんかも払われへんやろう、このアホ」

と怒鳴られた。

刑事が母親に、

「この子は中学生にしてはやることが大胆や。本人のためにも処罰しといたほうがええのと違うか」

母親はその刑事の言葉に涙して、

「ほんまにもう、うちの手にはおえんのですわ」

　俺はこの二人の会話を聞いて、

「なにを言ってるんや。俺はどないなるんや」

　初めて警察にパクられ、初めて堺市にある少年鑑別所に入れられ、家庭裁判所で審判を受ける身となって、俺は俺なりに悩み考えた。こんな辛い思いをするのも身から出た錆《さび》で仕方ないが、おかんも薄情や。俺があれだけ頼んで、もう真面目にすると言っとるのになんや。俺は警察の留置場に二日いて家庭裁判所に送られ、そこで鑑別所行きのバスを待った。

「おい羽山、まあ一ヵ月ほどの辛抱や。お前は初犯やし、真面目にしてたら保護観察か試験観察で出られるわ」

　俺は内心、〝なにをぬかしとるんじゃ、お前たちがこないしたんやろ〟と言いたかったが、

「刑事さん、保護観察とか試験観察てなんや」

と聞いてみた。刑事は、

「そんなん鑑別所行ったら教えてくれるし、まあ、決めるのは裁判長や」

と言葉を濁した。そうか、まあ一ヵ月の辛抱やったら仕方ないか、という気持

ちで俺は堺市田出井町の少年鑑別所に送られた。

鑑別所に送られる道中びっくりしたのは、ものすごく大きな敷地に高いコンクリートの塀がずーっと続いていることだった。これはなんや、俺は今からこの塀の中で生活を送るのか、と一瞬驚いた。それを見た鑑別所の担当官が俺に言った。

「お前、大鑑は初めてか。これは大人の刑務所や、大阪刑務所や。大きなってワルサしたら、ここに入らなあかんねやぞ。ここは無期囚やらぎょうさんいてるから、今から気持ち改めて真面目にしろよ」

その大阪刑務所の横に、白いコンクリートで高さは刑務所の半分くらいの塀があった。そこが大阪少年鑑別所だ。収容者は男子百人くらいで、女子三十人ほどだった。鑑別所は初犯と累犯と女子とに別れていて、初犯は四、五人の雑居室に寝起きし、累犯は独居室で生活をしていた。

鑑別所の生活は朝七時起床、そして人員確認の点呼があり、それが済むと自由時間だ。自由時間は運動場でソフトボールをしたり、バレーボールをしたりして過ごすのだ。運動時間には自分たちで好きなことができるので、毎日待ち遠しかった。だけど一つの難点は、体育館がないので雨天の日には運動は中止となり、各室のラジオから流れるラジオ体操だけで終わってしまうということだ。午後からは「レクリエーション」といって、ホールでテレビを見たり図書室で本を読んだり、めいめい好きな時間を過ごす。

鑑別所は裁判所からの判決が下るまでの、昔で言う「寄場《よせば》」みたいな所だ。その期間がだいたい一ヵ月なのだ。俺もここにいるとき、いろいろなテストをされた。知能テストや性格テストで、これは少年院に行くときに、どの少年院が適しているかを調べるのだ。

鑑別所の生活も四週間の辛抱やと、自分に言い聞かせて審判の日を待っていた。そして、二週間ほど過ぎた頃、先生が「羽山、面会や」と言ってきた。おふくろと、地元で保護司をしているという初めて見るどこかのおっさんだった。俺は、まだおふくろを恨んでいた。まあ逆恨みだが、わが子をこんな所に入れて、俺のことが可愛くないのか。なぜ警察でもっと謝って連れて帰ってくれんやってん、とこんな気持ちだった。

面会室では担当者一人が立ち会い、向かい合って話をした。おふくろが、

「どないや、元気か。皆お前のこと心配してるで。今日、地元の保護司やってる

竹中さんと一緒に来たんや」

　保護司が、

「羽山君、お母さんも君のことでめっきり体が弱くなって病気がちなんや。真面目にして親孝行したりや。今週中に一回裁判があるから、本当に反省しましたと言って早く帰ってきなさい」

　とありきたりなことを言った。俺は内心、お前たちの力を借りんでも初犯やしここから出るわ……と思っていた。

　一回目の裁判があって裁判長から、

「君は、普段からあまり学校にも行かず家にも帰らず、そんな生活をどう思っているのですか」

　と聞かれ、俺は正直な気持ちで、

「学校なんか落ちこぼれにとっておりやすい所ではないです。自分がいつ落ちこぼれたのかも俺自身わからんのです。家ではおふくろがなにを俺に期待しているのか……俺はそんなタマではないと思うのです」

　と本心を言った。この先、上の学校にも行くつもりはないし、学校出たら仕事する、だから今回のことは許してくれ――そんな気持ちを俺は話した。鑑別所に戻ってきて一週間が過ぎた。明日は、いよいよ判決だ。

　初めての鑑別所もいよいよ明日で最後、明日は家裁で保護観察か試験観察に決まり、晴れてここともおさらばだ、と思うと嬉しさのあまり気が昂ぶって眠れなかった。鑑別所や少年院なんか、行くところではない。なにが更生する所や。ワルの溜まり場で、良いことなんか覚えることはない。まあ、俺もええ経験をしたと思って今度はヘマはせんとこ、と思った。

　審判の日は、ウキウキしていた。久しぶりに娑婆《しゃば》で着ていた服を着て、〝今日から「自由」や〟と意気揚々と家庭裁判所に行き、裁判長の前に立って厳かに判決を聞いた。

　しかし、裁判長から出た言葉は、俺を天国から地獄に突き落とすような信じられないものだった。

「君を初等少年院、送致にします」

　おいホンマかい、なんでやね。そんなアホなことないやろう。初めて警察にパクられ初めて鑑別所を体験して、今日待ちに待った娑婆へ帰れると思っていたら、

「少年院」やて……そんなアホなことてあるか。なんでやねん。なにがどうなってしまったのか、わが耳を疑うばかりだった。気が抜けたようになって裁判所からバスに乗って鑑別所に戻った。バスの中で何度も自問自答した。なんでや、なんでや、なにがあかんやってん。どこでどうなったんや。このままバスから「逃走《とんずら》」したろかとも思った。

意気消沈して鑑別所へ戻ってきた俺は、情けないやらアホくさいやら、これからどうなるのか不安な気持ちで、その夜はなかなか寝つけなかった。

翌日、担当の先生が房室に来て、

「おい、初等送りか。UかHやなあ。一週間ほどしたら、どこ行くか決まるからな」

と言って立ち去った。運命とは自分の思いどおりにいかないもんだとつくづく思い知らされた。

第一章　少年編

U少年院

腕には手錠を掛けられて、もう一人の森という男といっしょに青い移送バスに乗せられ、行き先は京都の「U少年院」だった。近畿管区で初めてワルサをした人間はだいたい、UかHかIと決まっているらしい。

初めての年少送りということで、いささかの不安と緊張でかたくなっていた。一つ救われたのは、俺以外にもう一人いたということ。それが森だった。奴とは初対面だったが、少年院なんかヘッチャラだというくらい態度が横柄で、少年院に着くまではイケイケだった。バスの中でも大きな声で歌を歌ったりして、注意する担当に喰ってかかっていったり、頼もしいワルだなあと思った。窓から茶畑が見えて、あっちこっちに青い服（「アオテン」という）を着た院生たちが目についてきた。

いよいよ到着したみたいだ。少年院の門をくぐると、バスに同乗していた担当

がいきなり大声で、

「おい、こら。もうここは娑婆と違うから、勘違いしてたらあかんぞ」

「言うこときけん奴はビシビシ罰していくから、わかったか」

と言ってきた。俺は内心、えらいカマシ入れてきたなあと思ったが、言われるまま黙っていた。森も黙っていた。

俺たちは、まず院内の担当たちがたくさんいる「補導課」という所に連れていかれ、そこで名前・犯歴を言って、

「まあ、ここに来た限りは立派に更生して、社会に役立つ人になって卒業してください」

とありきたりな言葉で官房に入れられた。まず最初に入れられた所は「新入房」といって三畳くらいの一人部屋で、壁に机が付いていた。その机の蓋《ふた》を開けると蛇口があり、洗面できるようになっているのだ。また、机の前に備え付けてある椅子の蓋を開けると便器になっていて、そこで大便も小便もするようになっているのだ。いままで留置所も鑑別所も入ってきたから、こんなことにはそれほど驚きもしなかったが、部屋に畳がないのにはびっくりした。部屋にいつまでも

畳が入らないから、

「担当さん、畳はいつ入れてくれますの」

と訊くと担当が、

「おい、畳なんかないぞ。部屋にござ一枚あるやろ。それで生活するんや。それから、ここでは職員を担当さんと呼んだらあかんぞ。先生と呼ぶんや。わかったか」

板床の上にござ一枚の生活。一瞬、これには少し引けた気分になった。少年院とはこういう所なんや。

夕方の五時頃、入り口の小さな扉が開き、

「おい、新人、どこから来てん。何やってきたんや」

と誰かが言うので、「誰や」と聞くと、「配食や。ご飯入れとくぞ」と言って、俗にいう「ばくシャリ」（麦六分・白米四分の麦飯）と汁、おかずを入れていった。鑑別所では常食はまずくても白いご飯だったが、ここではこの「ばくシャリ」が常食なんだと思うと、余計にここでのこれからの生活が憂鬱《ゆううつ》になってきた。

少年院一日目の生活はこうして始まった。年少生活の一日の日課は、まず、朝

六時、起床。七時、点呼・朝食。八時、運動・教育。

新入房にいる期間は、この運動で体力をつけることから始まるのだ。腕立て、腹筋、屈伸、うさぎ跳び、マラソン、もうこれには本当にまいった。午前十一時に運動が終わると、今日も一日終わったという気持ちになった。十二時に部屋で昼食、午後は一時から四時まで学科教育。これは義務教育の「国語、算数、科学、社会」を教えてもらうのだ。四時半にまた点呼があり、五時に夕食となり、あとは九時まで「余暇時間」だ。新入房では、余暇時間も一人で本を読むか横になってボーッとしているくらいしかない。俺は入った以上……いや、入れられた以上は仕方ない、あとはここから一日も早く大手を振って出ていくだけだ。それには「辛抱、辛抱」、そう考えて毎日暮らした。

二ヵ月ほど経ち、新入房から一般房に転室するとき、先生から、

「ええか、これからは集団生活や。いろんな人間と生活するから、いろんな問題もおきる。そんなときは自分たちで解決しようと思わず、職員になんでも相談することやぞ」と言われた。

これは裏を返したら、なにかあれば先生に「密告《チンコロ》」しなさいよ、と聞こえた。

俺と森は、俺たちよりあとに入ってきた新入りを残して、私物と布団を持って一般寮へと移った。

桔《き》梗《きょう》寮《りょう》

集団部屋には「なでしこ寮」と「桔梗寮」と「野菊寮」の三つの寮があった。俺は桔梗寮に入れられた。入っている人間の量と質は、どの寮もさほど変わりはない。一寮一室から六室までと他にホールがあって、余暇時間にはそのホールでテレビを見たり囲碁や将棋をしたり、真面目な奴の中には皆に見られながら一生懸命勉強しているアホもいた。ホールで勉強してもうるさいだけで、室でやるほうがよほど頭に入ると思うのに。

一室六人で一室から六室まで開放室だから、自由に行き来できる仕組みだ。室は、古い人順に六室、五室、四室、三室、二室。そして、新入りは、一室と決まっている。一室の隣が共同トイレだ。

俺もまず一室から入った。室は五人で、皆ニコニコ笑っていていかにも親切そうだった。俺はいままで一人で寝ていたから、集団寮での最初の夜は寝つきも悪

かった。そんなとき、隣から、

「明日、六室・五室の者にはちゃんと挨拶しといたほうがええで」

と言われた。少年院でも総番がいて、その下に副番がいて、それから中堅がいるらしい。そして、その下にヤキ士がいるらしい。総番や副番が「なまいきや」と言ったら、ここでの生活は地獄だそうだ。まあややこしい所やなあ、と思いつつ眠りについた。

朝六時に、先生に「起床」と大声で起こされ、まずやることは「点呼」で、全員いるかどうかの確認だ。鑑別所のときは、点呼でも自分の名前を呼んでもらっていたが、ここでは番号だった。室着に付けている赤バッジの番号が点呼番号だった。俺は十三番で、この番号が少年院にいる間ずーっと俺の氏名になるのだ。

点呼がすんだら掃除。一室からホールまでの廊下の拭き掃除で、三十メートルくらいの廊下を濡れ雑巾《ぞうきん》で何回も走るのだ。三十人くらいの男が何回も雑巾を持って走るから、そのうちピカピカになる。こちらも汗ダクになる。このときに古い人間たちは、もう歯磨きをしたり洗面をしたり、もっとひどい奴は糞《クソ》までしているのだ。これには多少ムカついたが、ここのしきたりがそうなら仕方ない。俺も古くなるまでの辛抱やと心で思った。

掃除が終わったら、今度は寮全体でのマラソン。全員が一、二、一、二と掛け声を掛けて運動場を二十周するのだ。これを聞いたときは、びっくりした。掃除で体力を使ったうえにまだ走るのか。皆についていけなかったらどうなるんやろう。そんなことが頭を過《よぎ》ったが……マラソンでは案の定、俺はどんけつになり、先生と皆からボロカスに言われた。

「お前が走り終わるまで朝飯食べれないぞ」

頑張らんか、根性出さんかとか、むちゃくちゃ言われた。俺は意識が朦朧《もうろう》となり、運動場で倒れてしまった。バケツで水を掛けられて気がついた。先生に日課やから明日から頑張れよと言われ、やっと朝食についた。だけどまだ目が霞み、飯を食べるどころではなかった。そんなとき、中堅の大野から、

「おまえアカンたれやのう。まず皆に、自分のために朝食が遅れてすいません、と言わんか」

と怒鳴られた。俺はまだボーッとしたまま、

「悪かったな。なんやったら俺の飯まで食うたらどないや」

と言ってやった。一瞬、食堂の皆が俺を振り向き、じろっと見た。大野が、

「こら、おんどれ誰に言ってるんや。打ち殺したろか」

と言うなり俺に飛びかかってきた。先生が飛んできて、「大野、落ち着かんか」と何度もなだめて事なきを得たが、俺は〝しまったなあ、エライことになるんとちがうかな〟と思いながら午前の作業に出た。


作業中も、大野が「羽山は殺したる、いわしたる」と誰彼なしに言ってるで、と同囚がそんなことばかり言ってくる。俺もだんだん心配になり、誰もいないところでひとこと謝っといたほうが無難やなあと思って、作業中の休憩時間に大野の所に行って、「さっき、すまなんだなあ」と言って謝った。すると大野は、

「こらボケ、なにぬかしとるね。ここでいわしたろか」

と言うなり金槌を振り上げてきよった。俺は〝もうアカンわ〟と思って立ち去った。大野との仲は修復不可能や、もうほっとこ、と思った。うっとうしい気分で作業を終え、寮に戻った。

懲《ちょう》罰《ばつ》

寮に帰り晩飯を食べたあとの余暇時間の間も、ホールでは気まずい空気なので、俺は一人、室で読書をしていた。九時の消灯になり、布団を敷いて寝床について一時間くらい経った頃、なにかへんな雰囲気でパッと起きてみると、三人くらいが俺の寝床の所に来ていて、あっという間に袋叩きにされた。布団の上から、ボコボコとどついたり蹴られたりして意識が遠くなりかけたとき、右の太ももに激痛が走った。ウッと唸って奴らが引き上げてから足を見ると、真っ赤な鮮血が太ももから布団にポタポタ落ちていた。

あのボケ、やりやがったな。

俺はタオルを太ももに巻き、その夜は怒りと悔しさで眠れず、朝まで待った。

起床の号令とともに俺は便所に行き、手に便所のゲタを二つ持って、大野が入ってくるのを待った。すると、大野は同室の川本と一緒にヒソヒソ話をしながら入ってきた。俺は、この川本も昨日俺を闇討ちしたメンバーのうちの一人やと思って、大便所の扉を開け、「大野、喧嘩くらい堂々とサシでさらせ」と言うなり便所のゲタで頭をガツンと二、三発どついてやった。大野の頭はパックリと割れて、血が噴き出した。俺は呆気にとられている川本にも、「お前も昨日おったんやろう。お前もついでにいわしたらあ」と言うなり、川本の頭と顔面をゲタで殴りつけた。

すぐさま担当先生が非常ベルを鳴らし、補導課からたくさんの先生たちが駆けつけてきて、俺はボコボコどつきあげられ、ロープでぐるぐる巻きにされて独房に連れていかれた。独房でまたボコボコどつかれ、「こら、なんであんなケンカしたんや」と何人かの先生に怒鳴られた。〝いまはなにも言うことはない。体が痛い、足が痛い〟、そう思いながら気を失ったふりをしていた。気がついたときには、右手は前で固定され、左手は後ろで固定され、腹には太くて厚い革のベルトが巻かれていた。俗にいう「革手錠」「革ワッパ」だ。腹が苦しく、手も痺れて寝ていられず起き上がった。扉の小さな窓「視察孔」から先生が、

「おい、気がついたか。まあ、二、三日ワッパは外れんから、辛抱しろよ」

と言った。それから、「この薬、飲んどき。そんな状態やったら食事もできひんやろう。栄養剤や」と言って錠剤を二錠ほどくれた。

その日は、興奮と後悔と傷ついた痛々しい体のためか、なかなか眠れなかった。ここへ送られてきた原因もこんなケンカやったなあ……俺は、これから先もっともっと凶暴に悪くなっていくのかなあ、と少し不安を抱いた。カッとなると、自分で自分を抑えられない、そんな人間になっていくのかと思うと、末恐ろしくもなっていた。

翌日、先生が独房に来て言った。

「おい、足、怪我してるんやろう。医務に連れていってやるから、おとなしくしてろよ」

俺は、なんで足のこと知ってるのかなあと不思議に思いながらも、やっとこの革ワッパはずれるわ、とホッとした。まだ小さいガキにこんな革ワッパを掛けるなんて、少年院とは本当に恐ろしい所だと感じた。現在でもこういう戒具《かいぐ》が使用されているのかどうかわからないが、あの頃は革ワッパは日常茶飯事だった。ケンカしたり担当に反抗したら、すぐに革ワッパを掛けられ懲《こ》らしめられたものだ。

医務室に行き、足の治療をしてもらいながらいろいろ聞かれた。昨夜、何者かが俺の房に入ってきて俺を袋叩きにしたということを、同房の者から聞いていると先生は言った。それが大野や川本たちだったと。そして、まだ他にも誰かいただろうと、先生たちはそれを俺から聞き出したいのだ。俺は、「暗かったし布団を被っていたしわかりませんわ」と答えた。治療を終え革ワッパを外してもらい、独房に帰った。俺は先生に、「これからどうなるんや」と少し不安になりながら尋ねた。

「一週間ほど取り調べして懲罰審査会に掛けられ懲罰やろうな……」

と先生は言う。

「おい、こんなこと繰り返していたら、いつまでもここから出れないぞ。二十歳までここで生活せなあかんぞ」

と言われた。俺は、独房で先生に言われたことやこれからのことを考えた。

取り調べの結果、大野は、

「あいつ、新入りのくせになまいきやからヤキを入れたった。俺一人でやった。川本は関係ない、トバッチリや」

と言い続けて、調書はできた。大野がカッコつけているのだったら、こちらもカッコつけたれと思い、

「川本が知らんと言っているのやったら、川本の件は責任取ります」

と言った。先生が、

「もう今回の件は水に流して、大野と仲良くできるな」

と言ってきたので、

「生意気やからとヤキ入れる、少年院ではそれが習慣ですか。俺はそんな習慣、クソ食らえです」

と言ってやった。

俺の右足には、五寸釘で刺されて小指の先が入るくらいの穴が開いていた。時間が経てば肉が塞がってくると医務の先生は言っていたが、まあケンカに傷はつきもので仕方がない。

結局、懲罰審査会で「軽塀禁二十日」と言われた。「軽塀禁」とは、独房で一日中なにもせず安座・正座を繰り返し、犯した罪を反省するのだ。その間、運動も入浴も禁止、ラジオもテレビも読書も禁止。大人の刑務所では、「軽塀禁」は

最高六十日まで打てるらしいが、少年院では最高二十日までということだ。その最高の二十日を打たれたのだから、俺たちのやったケンカはすさまじいもんだったんだなぁ、とつくづく感じた。

懲罰中に、いろいろな先生たちが説教にやってきた。

「おい、お前の母親は面会に来ないのか。大野には昨日、母親が神戸から面会に来たが、懲罰中で会えず泣きながら帰っていったぞ。奴はあと半年もしたら仮退院できるはずだったのに、このケンカでまた出るのが延びたなあ」

とつぶやく者もいた。

俺は新入りのうちの事故で、出所にそれほど大きな影響はないらしい。だけど、今度ケンカで流血事件を起こしたら「不良移送」といって、ここよりきつい少年院に移送されるらしい。俺は、懲罰中に後悔と反省を繰り返した。自由のない所に入れられ、そのうえますます「自由」を制限されるとはアホみたいや。こんな割の合わないことやってられない、とつくづく思った。

進級

少年院は、「累進処遇」といって、新入りはまず「二級下」から始まり、一定の期間（三、四ヵ月）、無事故・無違反だったら「二級上」となり、そして「一級下」となり、最後は「一級上」となる。級ごとに胸に付けているバッジも色分けされているのだ。新入り二級下は赤バッジ、二級上は青バッジ、一級下は黄バッジ、一級上は白バッジ。この時点で「仮退院」の対象となり、仮退院面接があって退院が決まるのだ。

俺もケンカの罰がとけて半年経ち、前にいた桔梗寮に戻ってきた。ケンカ相手の大野は別の寮に行ったが、罰がとけてから奴と一度だけ顔を合わせたことがある。奴がバツの悪そうな顔をしていたので、俺も「元気か」と一言だけ言ってやった。もうお互いに恨みつらみはなかった。戦ってお互い傷つき、罰を受けて、これからまた振り出しに戻ってここでの生活に挑んでいくのだから、奴にも頑張れとエールを送ってやりたかった。俺はいまからスタートや。だけど、大野は一級下まで行っていたのに今回のケンカで一回級落とされ、二級上からのスタート。ケンカなんかつくづく良いことない。

「桔梗寮」に帰ってきて、俺がケンカしたときのとばっちりを受けた川本が飛んできた。

「おかえり、懲罰何日やったん」

となれなれしく声を掛けてきた。俺は内心、こいつは太鼓持ちみたいな存在なんやと思いつつ、

「二十日や。お前にも痛い目さしたな、すまんな」

と言ってやると、

「まあ俺なんか関係ないのに本当にびっくりしたでえ」

と言ってやがる。こんな調子のええアホなんか相手せんとことと思い、「俺、室の整理するから」と言って一室に入っていくと、前の室の人間は誰もいず、俺よりも新入りがいるので、〝あーあ、俺はこいつらと今からスタートなんや〟と思って少しガックリした。そのとき、ホールのほうから以前一室で一緒だった大谷

が俺の所に来た。

「おかえり、羽山君。部屋、一室違うで。総番の加藤さんが来いと言うてるで」

俺はまたなにか嫌味でも言われるのかなと思いながら、加藤の所に行った。総番の加藤は、名古屋の有名な某組織のチンピラだ。年齢も俺たちより上で背中一面に刺青《いれずみ》が入っていて、俺たちから見たらものすごく大人に見える。加藤の前に行っておそるおそる、

「いま帰ってきました。またよろしくお願いします」

と挨拶すると、

「羽山、しんどかったやろ。まあ、よう頑張ったな。今日から三室で生活し。お前のおらん間に新入りも増えたし、いつまでも一室というわけにもいかんから。はよ進級して赤バッジから青バッジになれよ」

と言ってくれた。俺は、「有難うございます」と言って、荷物を持って三室に移った。加藤は俺に、

「もうお前も男売ったし、名前も上げたから、あとはイチビッテこれ以上問題起こすなよ。これから自分のために生きていけ」

と言ってくれたように感じた。

「頑張り次第で特進もあるし、二級下の赤バッジから二級上の青バッジになれよ」

と言ってくれたのだ。荷物を整理しながら俺は、

「いよいよいまからが俺の戦いや。こいつらが三ヵ月、四ヵ月かかって進級するとこ、俺は二ヵ月でやってやる」

と思った。今年もあと一ヵ月で終わる。来年は、こんな所からおさらばするんや。それが今の俺の目標や、と強く誓った。

少年院の生活は単調な毎日の繰り返しだ。決められた時間に起きて作業に出て、決められた時間に寮に帰ってきて寝る。それの繰り返しだ。いま考えると、人間はこの単調な生活こそが一番の生きがいなのかもしれない。簡単なようでなかなかできないこの単調な生活、それが大人になったとき大切なのだということを少年院では教えているのだろう。

少年院のクリスマスは変わっている。十二月二十五日、いつものように作業が終わって寮に帰ると、夕食は食堂でなく寮のホールに用意してあった。各テーブ

ルで「すき焼き」だ。それも肉は豚肉だ。今日のため日ごろ飼育している豚舎の豚を十頭ほど捌《さば》いてきたのだ。俺は豚肉のすき焼きなど初めてで最初戸惑ったが、これがなかなかいけるものだった。なにより、五、六人で鍋を囲みワイワイ言いながら食べる食事は美味しい。普段、食事中は一切「私語厳禁」なので、とりあえず腹を満たしたらいいというものだが、この日は違った。二時間ほど皆でワイワイ言いながら、豚肉のすき焼きを平らげ少年院のクリスマスは終わった。

　クリスマスが終わると、今度は正月休みだ。十二月二十八日から翌年の一月三日まで正月休みだ。この休みの間、これといった行事もなく、講堂で映画が一回見られるくらいだが、そんなことより、普段から飢えている俺たちにとって一番の楽しみは、やはり食べ物だ。まず、この休みの間ずーっと麦なしの白飯「ギンシャリ」が出るのだ。それから、餅や菓子など普段は食べられない物がどっさり。これを休みの間に全部食べきるのだから大変なご馳走だ。こんな贅沢《ぜいたく》はない。正月休みの間に五キロは太ると、皆嬉しそうに話している。

　正月映画は、『男は、つらいよ』だ。娑婆では一度も見たことがないが、聞いた話では、どこの少年院でもだいたい正月はこの映画と決まっているらしい。俺も初めて見てものすごく好きになった。フーテンの寅さんのお笑い話、また少し涙をさそう人情話、この映画でどれだけの檻《おり》の中の人間たちが心を和ましているかと思うと、この映画を作った監督や出演者たちは本当に偉大だと感じた。

俺には、この正月休みの間に一つの目標があった。一日でも早くここを仮退院するための目標だ。スタートでつまずき、人よりマイナスのハンデがあるのだから、それを取り戻そうと思っていた。それで、皆が遊んでいるときに勉強してやる、皆が勉強していたら、俺は倍の時間してやる、そう決心した。ケンカで罰を受けた分を取り戻そうと思ったのだ。

少年院ではいい子ぶってるのが一番なんだ。俺は「溶接科」に配属になっていたので「溶接」の技能を習得し、また、その年は義務教育終了の試験といろいろあるので、その勉強のためにこの時間を有効に使おうと思った。皆は、

「羽山、休みくらいテレビ見て、ゆっくりせいや」

と言うが、

「あー、これだけやっとかなアカンから」

と言って室で一人机に向かい、夜九時になって皆がホールから室に戻って寝る

用意をしだしたら、俺はストーブが消えて寒くなったホールへ毛布一枚持っていくのだ。先生に勉強の説明をしてもらって、電気を十一時までつけといてよろしいですか、と頼み、誰もいなくなったホールで勉強するのだ。正月休みが終わっても俺はこの生活を続けたから、院内で皆の噂《うわさ》になった。あるとき一人で勉強していると、総番の加藤がホールに入ってきて俺に話し掛けてきた。

「羽山、頑張ってるな……人間は頑張ったら頑張った分だけええことあるわ。お前はまだやり直しがきく。もう一回人生やり直してみ」

俺は、以前から不思議に思っていたことを聞いてみた。

「加藤さん、有難うございます。加藤さんはなんで名古屋からこっちに来たんですか」

「俺は、もともと愛知少年院におったが、ケンカ相手の組の人間がぎょうさん入ってきて、俺がそこにおったらケンカになると言い出してん。それでこっちに送られてきたんや。檻の中でケンカになるかならんかわからんのに、いらんこと言うアホがいてるわ。まあ、俺もあと三ヵ月の辛抱や。お互い頑張って、はよここから出な、あかんな」

俺はそのとき、この人は男らしい人やなと思ったし、この人のこれからの人生は壮絶な修羅の人生なんだなあと感じた。

真面目な勉強生活を続けていた甲斐《かい》があって、俺はその年の二月に晴れて二級下から、二級上に進級した。バッジも、赤バッジから青バッジに変わった。先生からお褒めの言葉ももらい、ものすごく嬉しかった。溶接技能試験も「基本級下向き」を、学科・実技とも一発で合格した。先生から、「努力した甲斐があったなあ」と、ものすごく嬉しい言葉を掛けてもらった。そうなんや、人間、頑張ったらほんまできるんや。いつか加藤さんが言っていた「頑張ったら、頑張った分だけええことあるわ」という言葉を思い出し、俺はなるほどと感心した。俺はこんな調子で院内生活を平穏無事に過ごしていた。

U中学校卒業

二月の終わりに、溶接の作業をしていると先生から呼ばれた。

「羽山、お前、義務教育どないするんや。今年卒業やけど、ここにいるから、いままで行っていた地元の中学校で卒業するとなると、ここを退院して一年ダブってから卒業せなあかんね。だけど、現在ここにいる収容者は、ここの地元のU中の試験を受けてここで義務教育を終わらすことができるんや。どうする？　お前が好きなほうを選んだらいいから、まあ三月まで考えて言ってくれ。手続きがあるから」

俺は一瞬考えたが、いまさら地元の淡路中に戻って、一年ダブって学校生活続けてもなんの意味もないやろう。それやったら、ここでどこの中学校でもいいから義務教育終わらせて社会に出たほうがええわ、とすぐに思った。しょせん少年院帰りとなると世間からもええ目で見られることもないし、ここで手に職をつけて新しい人生をやり直すのがいいだろうと考えた。

「ここの中学校の試験受けて卒業さしてください、お願いします」

と先生に頼むと、

「そうか、わかった。試験は四月や。それまで一生懸命勉強しろよ。あとで教科書を寮に持っていったるからな」

と言ってくれた。

寮に帰ったら加藤さんが、

「羽山、室変われ。俺、明日から退院寮に移るから、そこで一週間生活して出所や。ここに十ヵ月いたけど、やっと娑婆や。ここでお前のケンカはええ思い出や。羽山、俺たちヤクザの世界では、やられたらやりかえす、これが掟《おきて》なんや。お前もこれからそういう道を歩いていくかもしれんな。まあ、ここ出たら名古屋へ一回遊びにこいや。俺も頑張ってええ兄こになるわ」

加藤さんの惜別の言葉がものすごく胸に染みた。俺はこの人を認めているし、この人もどこかで俺を認めてくれているような感じがした。男の世界、ヤクザの世界とは、こんなカッコいいもんなんかなと、そのときフッと思った。

加藤さんとも別れ、俺も桔梗寮の五室に移って、俺たちより新しい者もたくさん増えた。六室にいるのは、俺がケンカする前に同室だった一室の者ばかりだ。ここへ入ってきたとき、便所の横の一室から始まり、いまや五室。時間の流れがひしひしと感じられた。この少年院に送られてきたのが去年の十月だから、もう半年が経っているんだと思った。以前、先生から聞いたが、ここはだいたい十ヵ月から一年いるのが平均らしい。悪いことばかりしている奴は、一年半とか二年置いといて、「不良移送」といってここより厳しい少年院に送るらしい。だけど、ここを七ヵ月で退院した者が一人いたと聞いて、俺はその話に興味をもった。七ヵ月で出所した人間はどんな生活したんやろう。それを聞いて、そいつと同じことしたらええのとちがうか……俺は単純にそう感じた。

だが、七ヵ月で仮退院していった奴のことを調べれば調べるほど、七ヵ月での出所は難しいことに気がついた。まず「無事故・無違反」、少年院のテストは全部満点、態度良好、家庭環境も整っていて、こんな所に入ってくるのがおかしいのと違うかというような人物だ。そのうえ、少年院でたまたまちょっとした事件があって、奴は、そのとき「人命救助」をして、少年院から表彰を受けたらしい。

その事件とは、三人の院生が人質を取って作業科の先生を鉄パイプでどつき逃走しようとしたというもの。そいつはたまたま現場の近くにいて、その院生たちの逃走を阻止したらしい。非常ベルが院内に鳴り響き先生たちがかけつけてきたときには、人質を助け、逃走する者たちを取り押さえていたらしい。

この話を聞いたとき、こいつはなんやスーパーマンかと思った。少年院で人より早く出るには、ここまでしなくてはいけないのか。俺が奴の立場だったら同じことをしていただろうか、そんなことが頭を過った。俺なら逃走生に、「おー、頑張れよ」と茶化して声を掛けていたかもしれない。こんな所の生活、誰でも嫌や。逃げようとした者の気持ちはよくわかる。俺ならそんな行動はようとらんかっただろう。俺はしょせん「伝説の奴」にはなれなかっただろうと感じた。あとで聞いた話だが、逃走生たちは「逃走・暴行・傷害」の罪で「不良移送」となり、二十歳までどこかの少年院で生活しているという。そして「伝説の奴」は、少年院からの表彰と「早期退院」を手にしたらしい。

卒業試験

四月に中学校の卒業試験があった。娑婆ではろくに学校も行かず勉強などしていなかったから、はっきり言ってドキドキもんだったたった。だいだい義務教育に卒業試験などあるというほうが、いま考えたらおかしい。だけど少年院では義務教育の学力くらいはなければいけないということで、試験をしたみたいだ。最低点でも卒業はできたと思うが、やるからには「オー、頑張ったな」と言われるくらいの点数を取っておきたい。そんな気持ちで毎日遅くまで勉強してきたのだから……。

当日は、国語、算数、社会、科学の四科目のテストだ。俺以外にも四人がテストを受けた。思ったより簡単だった。テストが終わって先生が、「どうや、皆できたか」と聞いてきた。一人が「先生、思ったより簡単やったけど、これ普通の学校のテスト違うやろう。少年院用のテストやな」と答えると、先生は言った。

「そんなことない。これは普通の中学校三年の問題や。お前たちが思ったより簡単やったと感じるのは、それだけお前たちが真剣にこのテストに取り組んで日頃勉強したからや。ええか、ここではやろうと思えばもっともっと勉強できるんや。通信教育というのがあって、高校の勉強もできるんや。社会で高校受験を失敗した人間でも、檻の中で勉強したら三ヵ月くらいで勉強が身につく。なんでかわかるか。ここではやらなければいけないと思うからや。社会ではいろいろな雑音や誘惑があって勉強の妨げになるが、ここではそれがない。そういう所で学んだことはしっかり身につくのや。だからお前たちも、いまのうちにもっともっと上の勉強を目指して励んでくれよ」

俺はなるほどと思った。大学受験に二浪、三浪しているバカたちは檻の中で半年でもじっくり勉強したほうが身につくし、意義あるなと思った。

一週間ほどして、テストを受けた全員が京都U中学校の卒業証書を手渡された。これで晴れて学校も卒業したわけだ。俺の次の目標は作業科の溶接技能試験「上級者」だ。この試験はいまだにここで合格した者がいないと言われている難しい試験だ。何日かして俺は先生に呼ばれた。

「この試験に合格したら院外作業に変わるから」

と言われ、俺は自分の耳を疑った。俺はまだ二級上だし、院外作業に出ている者は出所前か一級者のみのはずだ。

「先生、溶接の試験受かったら院外作業とはどういうことですか」

「お前、今月特進や。最近態度もええし、勉強や作業にも真面目やし努力してるから、一ヵ月早く進級したんや。よかったやないか」

俺はそう言われて飛び上がりたくなるほど嬉しい気持ちになった。いつか加藤さんが言っていたように、頑張ったら皆認めてくれるんや。ホンマにそのとおりや。いま現実に官（官憲）が俺を認めてくれているのや。よし頑張ったる。俺はそんな気持ちになった。そして、

「先生、受かったらなんで溶接科やめなあかんの」

と聞くと、

「今度の試験は今まで何人か挑戦したが、誰も合格してないし、もしその試験に合格したら、ここではそれ以上の技術を教えることができんのや。お前、この少年院で初めての合格者になってみや」

と言われ、よしやったる、と新たな闘志と目標が湧いてきた。それから俺は溶接技能の特訓にはげんだ。いままでの試験は、鉄と鉄の間にまずアーク溶接棒をストレートに走らせ、その上からウィビングで二層、三層と盛り上げていく方法だが、今度はなにもない溝にアークを溶かして鉄と鉄をひっつける特殊技法だ。作業中、何度も何度も失敗して、やっと自分で納得のいく作品ができた。

「先生、これでどうですか。裏曲げ試験にかけてみてください」

溶接の試験は、最後に裏曲げ試験をして、溶接部分に亀裂や割れ目が入らなければ第一合格となり、その次は、水槽の水に浸けて溶接部分から気泡が出なければ合格となるのだ。その日初めて二つの試験をクリアしたときの喜びを、いまでもときどき思い出す。こんな形で、俺は「溶接試験上級者」にみごと合格した。少年院始まって以来の快挙をなしとげたのだから、すごく褒められた。朝、作業に出るとき、院生全員の前に呼び出され、院長先生から書状とお褒めの言葉を掛けてもらい、院生から拍手喝采された。少年院生活で一番華やいでいたときかもしれない。

いよいよ俺の少年院生活も終わりに近づきつつあった。「累進」も一級上となり、黄色バッジから白バッジへと変わった。作業も、院外作業、郊外作業となって、少年院の檻の外を自由に歩き回ることもできるようになった。院外作業や郊外作業には少しの余禄があった。少年院という所はたいてい自給自足が多くて、農作物を収穫しにいくとき、トマトやブドウ畑に行ったら、まず好きなだけ取って食べるのだ。これには先生たちも見て見ぬふりをしてくれているので有難い。

「羽山、このトマトようできとるぞ。小屋から塩持ってきて食べ」

と言ってくれたり、収穫していたら、

「おーい、ちょっと休憩しろ。冷たい水用意してるから、やかん持ってこい」

と言うので行ったら、中には冷たいジュースが入っていて飲ませてくれたりした。院外作業や郊外作業をする頃はもう仮退院前で、先生たちや院生たちとの仲も打ち解けた関係になっているので、こんなときほど人の有難味がよくわかる。入所時にいじめられ、嫌味たっぷり言われたとき、しょせん「先生」たちは敵なんやと思っていたが、人間、素直になれば見方も変わってくるというものだ。

ある日、郊外作業をしていると、先生に、

「おい、羽山、分類課に行ってこい。分類課長が呼んどるぞ」

と言われた。行ってみると、分類課長がニコニコして、

「君を仮退院審査にかけるから、少し質問に答えてください。まず、ここを出たらお母さんのもとに帰りますね。生活はどうしますか。これから高校に行くことを考えていますか、それとも、ここで身につけたことを生かしてどこかで仕事しますか」

「先生、いよいよ自分もそんな時期になったんですね。母親とはシックリいっていませんが、まだ未成年なので母親のもとに帰ります。仕事はなにをするか、まだ具体的に決めていません。だけど、ここでの生活で、人間は努力して頑張ったら頑張った分だけ神様が褒美をくれるんだということを知りました。たくさんの同僚やたくさんの先生たちに多くのことを学ばしてもらい、この少年院生活は人間として意義があったと思います」

俺は、素直な気持ちでこの言葉が出た。それを聞いて分類課長は、

「成長しましたね。あなたは、入ってきたときのあのケンカで、とんでもない人間だと思ったが、よく更生してくれましたね」

と言ったが、俺はそうは思わなかった。十五のガキが一つ世間を知っただけや

ろう。ここでの生活は俺にとってプラスかマイナスかまだわからないが、俺は一つの自信だけはもてた。

ついに晴れて「仮退院」の日がやってきた。久しぶりに見る母親の姿を小さく感じた。荷物を持って門を出て、少年院の正門を振り返った。今まで世話してくれた先生たちが俺を見送ってくれていた。俺は深々と一礼して帰路のバス停まで歩いていった。

俺は、少年院時代のことを懐かしく思い出しながら淡路駅前の商店街にある行きつけの喫茶店に入っていった。

羽山竜夫、十六歳の春だ……。

第二章　ヤクザ入門

退院

俺はいつものように淡路駅前の商店街を歩いていた。これといって別にやることもなく、家にいてもお袋のガミガミ声を聞いていたら気がめいってしまうから、外へ出ていくのだった。少年院から出てはや半年、なにもせず毎日お袋にこづかいをせびってはパチンコ、麻雀と、そんな所に行って時間を無意味に過ごしていた。少年院から出てきたときは、自分なりに少しの夢と希望をもっていたのだが、そんなものどこかに吹き飛んでいってしまったみたいだ。

「退院」の日には学校時代の不良たちが皆、「おめでとう、帰ってきたんやな」と口々に祝いの言葉を掛けて俺の所へ集まってきた。俺も懐かしいやら嬉しいやらで、あっという間にその時間は過ぎ去った。

あのとき、高校に行ってる者や仕事に行ってる者もいて、皆いろいろな人間になったんやなと思いながら、俺は久しぶりに会う友の言葉を聞いていた。

ヒロシが、

「竜夫、これからどないするね」

と聞いてきたので、

「わからん。当分ゆっくりして決めるわ」

と答えた。

「まあ、それもいいが、早く仕事見つけたほうがええぞ。なんやったら俺の所でコゴチ（解体業）するか」

と言うので、

「おい、俺な、少年院で誰も取れなかった溶接免許取ってきとるのに、お前の下で土方はないで」

と笑いながら言った。皆も、「そうやで、そうやで」と言っていた。まあ、そのときは、俺は軽い気持ちで仕事なんかどこでもあるわ、と思っていたが……少年院で一生懸命頑張って取った溶接の免許が、このあと俺の人生を大きく変えることになるとは夢にも思わなかった。

そうこうするうちに、俺は西宮の姉婿の紹介で尼崎にある自動車修理工場で働

くようになった。板金や塗装とか、少年院で少しやっていた仕事も俺なりにわかっていたし、そこの社長が、

「へーえ、溶接の免許持ってるのならちょうどいいな」

と義兄に言ってくれたので、話はトントン拍子に決まった。俺も挨拶に行き、社長に「よろしくお願いします」と言って、翌日からさっそく仕事に行き出した。朝六時に起き、電車で尼崎まで行き、そこから今度はバスに乗って工場まで行くのだ。義兄が言った。

「竜夫、社長に一応お前の事情話してるんや……少年院帰りやということ」

「社長どない言ってた？」

「あの社長は、そんなことなにも問題にしてない。だから頑張れよ」

俺は、義兄や社長がそんなふうに言ってくれて有難い、年少帰りでも温かく迎えてくれる所はあるんだと、ちょっぴり喜んだ。

工場初日、従業員に紹介され、俺は道具を洗ったりする簡単な仕事をやっていた。おもにやる仕事は、事故にあった車の修復だ。なにもわからず、一日は終わった。従業員たちともこれといって話もせず、帰路のバスに乗り、電車に乗って

帰宅した。

母親が、

「どないや、仕事場ええか。ちゃんと真面目に働きや。今度は西宮の竹田の顔があるから、絶対ケンカなんかしたらあかんで」

と言うので、

「あー、わかっとるわ。社長もええ人やし、職場の人間も皆ええ人間みたいや。はよ、仕事覚えるわ」

俺は夕食を食べて、はやばやと寝てしまった。こんな形で俺の修理工場の仕事も順調だった。工場に入って二週間ほど経った頃、昼食が終わってから工場内で横になっていると、職場の三上という男が側に来て俺に話し掛けてきた。

「少年院行ってたらしいな。なに悪いことしたん」

「よう覚えてないわ。学校でワルやってたからな」

と俺が答えると、

「そんな所送られるにはよほどヘマしたんやな。なんか取ったんか」

と言うので、俺は少々ムカッときて、

「もうええやないか、お前に関係ないことやろ。俺は休憩してるんや。あっち行けや」

と少し声を荒げて言ってやると、相手は少しムッとし、ふて腐れてあちらに行った。休憩が終わって仕事が始まると、

「おい羽山、溶接の免許持ってるらしいな。この薄板、溶接してみ」

と言われたので、俺は、「わかりました」と答えて溶接機を移動させて段取りをした。すると三上が、

「少年院で取った資格なんか実戦ではあまり役に立たんで」

と言う。このガキなにぬかしてるねん、と思いながら作業をしようとしたら、

「羽山、薄板の溶接は難しいから、温度に気をつけて鉄板焦がさんようにな」

とアドバイスしてくれた。俺はまかしとけ、お前らとは溶接の腕が違うのやというところを見せてやろうと思っていたが、いざ溶接をしたら驚いた。薄板がみるみる溶けていって、ひっつくどころではなく、反対に大きな穴が開いてしまったのだ。見ていた皆が、

「おい、温度が高いのとちがうか」

と言うので俺は、

「すいません。温度一番下げてやりますわ」

と言ってもう一度やり直した。確かに先ほど三上が言ったように、少年院では薄板の溶接なんかしたことないし、薄板の溶接温度はどれくらいなのかもわからないので少々慌てた。温度を一番下げて溶接をしたら、なんとか薄板も溶けずにすんだかのように思えたが、鉄板を持ち上げたら、溶接した所がひっついていなくてバタンと鉄板が落ちたのだ。

ええー、どないなってるね、と俺は冷や汗を掻きながら落ちた鉄板を見下ろした。

そのとき三上が、

「なんや、全然できてないや。どないなっとるん」

と俺を小バカにしたような言い方をしたので、カチッときた。だけど、事実はそうなんだから仕方がない。俺はなんでやろうと思いながら、

「温度が低かったんですか」

と聞くと、

「この薄板ではアークは無理なんやろうな」

と言うのだ。俺は、

「ええー、なんやて……この鉄板、アーク溶接無理なん……それやったら、なんで最初にそのように言わんね」

と誰にともなしに言った。そうすると、

「羽山は溶接のプロやと聞いてたから、どないするのか見ててん」

俺は、試されたという気持ちと、皆でバカにしやがったという気持ちで、

「おい、お前ら、人おちょくってたらアカンぞ……俺は確かに少年院帰りや。お前たちみたいに俺はこの仕事ずーっとやってきた人間と違うんや」

と大きな声でどなった。あとでしまったと思ったが、もうどうしようもなかった。職場の人間たちは皆びっくりして俺を見つめていたが、俺はそのまま更衣室に行き作業服を脱ぎ捨てて工場を出ていこうとした。そうしたら社長が、

「どないしたんや。なんかあったんか」

と聞いてきたので、俺はいまさら言い訳しても仕方ないし、職場の者たちを怒鳴りつけている手前かっこ悪かったしで、

「いいや社長、いろいろお世話になりました」

と言って工場をあとにした。俺はしょせんこの程度の男なんやと思った。

家に帰ってふて腐れて横になっていたら母親が来て、

「お前、会社やめたんか。急に怒り出して大声あげて出て行った、と社長が言ってたけど」

俺は、「やかましい」と言うなり家を飛び出した。皆勝手なことばかり言いやがって。人間が怒るにはそれなりのわけがあるのや。それをいちいち俺は言わんだけや、と誰彼なしに怒鳴りつけたい気持ちで、夜の街に出ていった。

夜の八時頃、商店街も人がいっぱいでものすごく賑やかだった。俺は誰を探すともなく町をさまよい、行きつけの喫茶店に入った。薄暗い奥のボックスを見ると、顔なじみの友達がいた。近づいて、

「なんや、こんなとこでくすぶっとんか」

と話し掛けると、

「竜ちゃんこそどないしたん。明日、仕事ちがうん？　仕事がある日にこんなとこに来るのめずらしいな」

と言ってきたので、

「もう仕事なんかやめたよ。今日は飲もうや」

と言って、ビールを注文して飲み出した。友達三人で他愛もない冗談を言いながらビールを飲んでいると後ろから、

「こら、ボウズうるさいわ。お前らガキの分際でええ身分やの」

と怒鳴ってきた。振り返ると、そこには淡路の町で少し有名なヤクザがいた。今は解散したが、当時はちょっと有名な山下組のチンピラだった。

「山野の剛ちゃん」といって、あだ名は「チビモンキー」。背は子供みたいに小さいが、顔の眉に大きな刺青を入れ、シャツに腹巻姿でいつも商店街を肩で風を切って歩いているおっさんなのだ。俺たちは相手が悪いと思い、少し神妙にしていたら、チビモンキーはますます調子こいて俺たちに説教じみた能書きを垂れ出したのだ。

「お前ら、今からそんな不良してるんやったら、わしみたいな立派な男になられへんぞ。わしみたいになりたかったら、わしがちゃんと教育したるから、わしの所へ来い」やて。

俺は内心、このおっさんなにを言ってるんや、お前なんかどこが立派やね、と言いたかったが、なにしろこちらは十七のガキ、いくらチンピラでも相手はヤクザ者、ケンカなんかしたらどえらい目に遭うわと思った。そのとき、俺たちを入り口のボックスから見ていたダボシャツに腹巻姿の人が、

「おい、ええかげん若い子いじめたるな」

と声を掛けてきた。「チビモンキー」が振り向いて「なんや、高志か」と言ったので、俺は、〝ああ、この人がいま地元で売り出している「河村高志」さんだ〟と一瞬にしてわかった。河村は地元の古い一本どっこの組「神崎会」の幹部だった。

俺たちに絡んでいたチビモンキーが、

「おい、俺はなにもいじめてないわ。教育してやってるんや。お前、関係ないやろ」

と喰ってかかると、河村は、

「こら、お前もええ年して人に迷惑かけるようなことばかりさらすな」

と言いながら俺たちの所に来て、今まで俺たちが飲んでいたビールの空きビン

を持ってチビモンキーの頭を一撃したのだ。頭から血が噴き出し、チビモンキーも見ていた俺たちもびっくりしていたら、河村は腹巻から一万円札を二、三枚取り出し、

「これで病院でも行ってこい」

と言ったのだ。チビモンキーはその金を持って、一目散に喫茶店を出ていった。

俺はこのとき、この人がものすごくカッコよく見えた。この人「河村高志」との劇的な出会いが、それからの俺の人生を大きく変えていくのだ。この時代、ヤクザ社会では神戸山岡組が全国的に名が売れていて、一本の組は小さくなるばかりだった。地元の神崎会もそんな風潮のあおりを受けていたが、一本どっこは一本どっこの意地で頑張っていたのだ。後に、結局は山岡組によって神崎会も潰されることになるが、それはあとの話だ。

こうして俺は、少年院を出てまだ半年も経たないうちに、河村高志の舎弟として盃をもらうことになった。

部屋住み

ヤクザになって俺は家を出た。神崎会の本部事務所で、俺とおなじヤクザ見習いの福原道雄と一緒に部屋住みとしての生活を送ることになった。俺は兄貴分の河村から、

「竜夫、一年部屋住みで頑張れ。そうしたら、なんとか自分で飯喰えるようにしたるから」

と言われたのだった。

部屋住み修業は、いまでも思い出したら懐かしい。朝は五時に起きて、玄関や部屋、便所、廊下の掃除から始まって台所でご飯を炊き、親分と姐さんが起きてくるのを待つ。親分と姐さんの食事が終わったら、俺と道雄は残り物で立ったまま台所で食事をした。午前中、親分が出掛けるときは、それを見送って、帰ってくるまでは絶対に寝ないで迎えに行く。昼は、姐さんや兄貴分、または伯父貴た

ちの用事や使いをして神経も体もクタクタになる。俺は少年院で辛い生活はしてきたが、ヤクザ見習いの生活はもう一つ辛かった。兄貴分から、

「竜夫、ヤクザは楽ではない。だけど、自分の器量でその辺のサラリーマンが一年稼ぐ年収を一瞬で稼ぐことができるんや。だから、頑張って自分を磨くんや」

とよく言われた。言葉一つで生き死にを賭《か》ける世界の、男としてはこれ以上ない生き方だ。俺は今でもこの世界で生きてきて良かったと思う。

部屋住み生活を半年ほど続けたとき、河村の兄貴に呼ばれ、

「竜夫、お前これから毎週水曜日に盆仲（ボンナカ）手伝いに行け」

と言われた。ボンナカとは、我々の業界でいう博打場のことで、関東では「鉄火場」という。関西の博打は、主に「手本引き」といって、胴師（サイコロをふる人）が一から六までの札を一枚選んだ物を張子が当てるというルールだ。

神崎会は昔からの博徒組織だから、生業は博打が多かった。多くの組員は博打で飯を食べていたのだ。俺もよく使いに行かされて、どういう所かはわかっていたが、手伝いに行けと言われてもなにをしたらいいのか戸惑いもあった。だけど、当時高卒の月給が八万円くらいだったが、週一回ボンナカに手伝いに行っただけ

で二万円のこづかいがもらえるのだし、こんな良い話はなかった。そんなわけで、俺は毎水曜日、博打場の手伝いに行った。

ボンナカの仕事にはまず「責任者」がいて、この人がここの博打場でなにかあれば一切の責任を負う重大な役だ。次に、その日の博打の采配をとる「帳面」という役があって、博打場の金は、この人の独断で出し入れができるのだ。その下に「合力《ゴウリキ》」がいて、客が張って勝ったとき、なんぼつけるかの計算をする。手本引きの金のつけ方はややこしくなん通りもあるので、これをする人は一種の職人なのだ。いつかゴウリキの「亀ちゃん」が俺に言っていたが、ゴウリキがしているのは学校で教える算数の計算なんかとはちがう。金をどこにどんな張り方をしたか、それで計算できるんや。そのゴウリキの下に、客の足元を揃えてやる者（下足番）と「敷き張り」（見張り）がいて、「使い」がいてるのだ。

まずこの使いから俺のボンナカの仕事は始まった。「使い」「敷き張り」「下足番」はだいだい同じ給金で誰でもできる感じだが、「ゴウリキ」ともなると一日の博打で五万円以上の給金がもらえるから、いまで言ったらものすごい高給取りだ。その上の「帳面」や「責任者」たちは、毎日の給金ではなく、その日の博打の上がりから何割かもらえる計算だから、お金が溜まってしかたないだろう。

博打場はタバコの煙と人の息や熱気でムンムンしていた。人間が命の次に大事な金を賭けるのだから、張っている人間も必死だ。張って負けたら大声でいちゃもんをつける者もいたし、そういう人をうまくあしらって帰すのがボンナカの責任者の仕事らしい。負けた人間をそのまま機嫌悪く帰らせると、あとでいろいろな問題が起こるらしい。警察に告げ口したり、他の人に「あそこのボンナカはイカサマやってるぞ」とかいろんな悪評を言いふらされたりすることがあるので、なかなかこの商売も難しい。

俺はまず責任者から、

「竜夫、ここの使いはなかなか難しいぞ。まず客が入ってきたら『おいでやす』、客が帰るときは『悪うおましたな』と言って見送るんや」

と言われ、なぜかなぁと思った。客が勝って帰るときでも、「悪うおましたなあ」なんて普通ならおかしいが、こういう言葉を掛けてやったら、客も「今日はええ目やったわ。気分よう遊ばしてもうておおきに」となるらしい。

俺は、ボンナカで客が吸ったタバコの灰皿替えや、客が「お茶」と言ったらお茶を持っていったり、台所に来て「なんか、食べさしてくれるか」と言ったら、ご飯と味噌汁を入れてやったり、そういうボンナカ新入生がやる使い走りをやっていた。夜の八時から翌朝の四時までやって博打は終わる。それから後片付けをして、日当二万円をもらって帰るのが朝の六時頃。次の日は一日休んで、また翌日から本部の部屋住みに戻るのだ。

刺青

ヤクザ生活も一年が過ぎ、ボンナカの日当でなんとか生活でき、部屋住みも卒業した十八のときだった。兄貴分が、

「竜夫、今日、墨突きに行くけどついてくるか」

と言うので、「ええ行きますわ」と言った。俺はこの頃から刺青に興味を持ち始めていた。周りの者皆が刺青を入れていることもあり、ときどき、

「竜夫、お前、色が白いから墨入れたら綺麗やろな」

と言われていたし、刺青とはどれくらい痛いものかとよく想像したもんだ。刺青は俗にガマンといって、どれほど辛抱できるかなのだ。兄貴分も半肩に虎を入れているが、まだ仕上がっていないので、それを仕上げに行くのだ。行く道中、

「竜夫、お前墨つけへんのか」と言うので、俺はつけたい気持ちもあったが、金もかかるし少し返答に困って、

「まあ、兄貴の突く姿見て考えますわ」

と答えた。すると兄貴が、

「竜夫、墨は一番初めは親分や兄貴が金出してくれるんや。あと仕上げるんは自分の甲斐性や」

と言う。俺は墨入れるんやったら、自分の名前に因んで「竜」を入れる、と思った。

兄貴の刺青の先生は関西でも名前が売れている「彫洗」という彫り師で、筋から仕上げまで全部「手彫り」で突くのだ。現代では、刺青も若者たちがファッション感覚でタトゥーなど入れているが、あれは電気彫りで、昔の刺青と比べたら墨の重みが違うように思う。

兄貴が突いている間、俺はずーっと兄貴の表情を見ていた。ときどき顔をしかめているのは、やはり痛いのだと思った。一時間から一時間半ほど突いてもらって終わった。兄貴が、

「先生、あとどれくらいかかりますか」

と聞くと、

「あと二回くらいで仕上がるわ」

それを聞いて俺は、刺青とは時間も金もかかるんやなと感じた。兄貴が、

「どないや、突くか」

と言ったので、俺は、

「兄貴、入れさしてください。頼みます」

と訳もわからず言ってしまった。先生が、

「あんた初めてか？　一回入れたら消されへんねやで。それでもええんか」

と聞くので、

「先生、この世界に入った以上、後戻りできんようにしたい気持ちなんですわ」

と俺はそのときの気持ちを正直に言った。先生はここにも若いバカがいてるんやなぁというような顔をしながら、

「図柄は、なに入れるんや」

「竜、頼みます」

ということで、俺の刺青は始まった。体に針が刺さったとき、チクッとしたが、これくらいの痛さなら大丈夫やと思い、俺は受け続けた。筋彫りの竜の顔が肩か

ら胸に入ったとき、俺はなにか自分が自分でなくなったような気がした。

先生が、

「今日はこれくらいにしとこ。ええ竜の顔や、アンタ色白いからものすごく綺麗に仕上がるでぇ」

と言ったので、俺は「今日は終わったか」とホッと息をついた。痛いとは感じていなかったが、やはり体中汗でびっしょりだった。生身の体に針をつくのだから、痛くないというほうがおかしい。俺は墨を入れた興奮と昂りで、この墨を誰かに見せたいという気持ちで銭湯に行った。裸になり湯船に浸かっていたらピリピリしたが、顔馴染みのおっさんが、

「なんや、あんたモンモン入れたんか。ええ極道になりや」

と言ってくれた。

そうなんや、この墨はもう一生消えんのや、俺はもう後戻りできん人生を走り出したんや、と俺は気持ちを引き締めた。

出入り「ケンカ」

俺は、いつものようにボンナカに行っていた。その日は客の入りもパッとせず、暇な一日だった。そのとき、あまり見かけない顔の二人連れが入ってきた。

「ごめんやっしゃ。ちょっと遊ばしておくんなはれ」

と言ってボンゴザ（博打場で博打をするときの白布の敷物）の前にどかっと座った。このとき、俺はなんか雰囲気の悪い客やなと思い、責任者に、

「伯父貴、あの客よう来ますのか」

と聞いてみた。

「いいや、初めてや。なんかテンゴ（いたずら）でもされんよう、よう見とけよ」

と言うので、俺はすぐ兄貴に連絡を入れた。

「兄貴、筋者みたいですね。なんか雰囲気おかしいですわ」

兄貴は、

「なんでそんな客入れるね。敷き張りはボンクラか。すぐ行くから待っとけ」

と言うので注意してその客たちを見ていると、客がいきなり責任者に、

「なんぼか回してくれや（金を貸してくれ）」

と言っているのだ。責任者が、

「すいません。うちは回銭（貸し借り）してまへんね」

と言うと、

「なんやて。切り回しの銭もおいとかんと、お前とこは博打やっとんか」

と大声を出したので、周りはびっくりしてしまった。責任者が、

「うちは馴染みには金貸しますが、一見《いちげん》には貸しませんね。今日は引き取ってくれますか。他の人に迷惑になりますし」

と言うと、二人は立ち上がり、

「こら、わしら誰や思とんじゃ。わしは尼崎の梅谷組の金一や。人に銭貸しても、わしには貸せんとはどういうことじゃ」

と怒鳴り出した。俺は〝ああ、こいつら賭場あらしなんや〟と思い、

「おい、おまえらどこの賭場であや（因縁）つけとんや」

と相手に近づいて言ったら、相手は、

「チンピラ、なんや、おんどれだまっとけ」

と言い出したので、もうあとはとっくみあいのケンカになった。そのとき、兄貴分の河村高志が入ってきて、

「竜夫、われ、なにしとるんじゃ。堅気の人を先に表に出さんか」

と一喝した。俺はすぐ、「すいません」と言って堅気の人を表に先導した。戻ってくると、兄貴の右手には匕首《あいくち》が握られていて、相手の一人は頭から左目をずばっと切られており、白いボンゴザは真っ赤に血で染まっていた。兄貴が「神崎会は賭場で飯を食べてるんや。茶碗と箸を取りにくる者は、どこのどなたであろうが引かんからな。帰ってよう言うとけ」

と相手を怒鳴りつけた。梅谷組の金一たちは、

「おい、こんなことして、あとでどうなるかわかっているやろな」

と捨てゼリフを残して立ち去っていった。

「竜夫、ボンナカではなにがあってもまず堅気の人たちのことを考えよ。それか

ら、このケンカ尾を引くかもしれんから腹は括っておけよ」

　と兄貴が言って、俺は自然に、

「兄貴、どこでもお供しますわ」

　というセリフが口から出た。映画の世界ではないが、このときほど兄貴分の河村高志が高倉健や鶴田浩二みたいに見えたことはなかった。このいざこざでその日の博打は中止になった。万が一相手が仲間を連れて仕返しにここの博打場に殴りこんできたりしたら、堅気の人たちに迷惑が掛かるし、それでなくとも警察の手入れを考えてヤバイ道具（ドス・匕首）など置いていないから、博打場でのケンカや刃傷沙汰はもっての他なのだ。俺は兄貴の指示で、遊びに来てくれていた堅気の人たちに丁重に断りを入れた。

「すいません、のっぴきならん事情で今日はボンナカ閉めさしてもらいます。どうもすいまへん」

　一人の馴染みの客は、

「せっかく今日は先週の負け取り戻そうと思ってたのに残念や。この分やったら、当分ボンナカ開けられへんな」

と言ってしぶしぶ帰っていった。ここへ遊びに来てくれる人たちは皆、博打場でのケンカが自分たちの楽しみを奪ってしまうことを、俺よりよく知っていたのだ。

手打ち

ケンカがあった翌日から組のほうは大忙しだった。相手のカチコミ（報復）に備えて神崎会は手一杯だった。応援に駆けつけた人たちもいた。神崎会の大西の親分と山田の頭と高志の兄貴は、奥の親分の部屋でこの件について話し合っていた。そこへ尼崎の梅谷組と懇意にしているおなじ尼崎の谷松組の幹部連中がやってきた。たぶん仲裁に入ってきたのだろう。この谷松組の上部団体は神戸三代目山岡組である。だから、尼崎の梅谷組と山岡組は親戚付き合いなのだ。

話の流れは、ボンナカで行儀が悪かった金一と他一名を破門（組織から追放）にする代わり、こちらに対して「組（梅谷組）の看板にケチを付けた落とし前を付けて（けじめ・お詫びをして）もらいたい」

ということだった。その条件を飲めなかったら、全面戦争になる……と谷松組の人が言ったので、親分は二、三日考えさせてくれと言って谷松組の人たちを帰らせた。それから神崎会の幹部たちが集まって話し合いが始まった。意見は二つに割れた。親分は、相手も詫びを入れてるし、こちらもこれ以上事を大きくして構える必要はないのと違うか……山田の頭は、高志の取った行動は間違っていない。ヤクザとして当たり前の行動や。こんな話、誰が間に入ってきても蹴ったらいいと怒りを露《あらわ》にしていた。他の幹部連中は事が大きくならず平穏無事に終わったらいいのにと思っているのか、あまり発言をしなかった。こんな話し合いの中で、このケンカはどうしたらいいのかなかなか決まらなかった。そんなとき、いままで隅っこに座って一言も発言しなかった高志の兄貴の以前の兄貴分で、いまは神崎会の代貸・竹井の伯父貴が、

「高志、お前の意見はどうや。お前の気持ちを言ってみ」

と言った。

「親分、代貸、頭、俺は間違ったことはしてないと思います。だけど、俺のしたことでボンナカも閉じるはめになり、週に一回楽しみに集まってくれている堅気さんたちのことを考えると申し訳ないという気持ちです」

兄貴はうつむき加減にポッリとこう言った。俺は兄貴のこの言葉を聞いて、ガ

ァンと頭をなぐられたような気がした。兄貴はケンカの勝ち負け、ケンカの行く末より、ボンナカに楽しみに遊びに来てくれている旦那衆のことを考えているのだ。確かに組のケンカとなれば、ボンナカもずーっと閉めていなくてはならない。そうなると、組の運営費やボンナカで飯を食っている者たちのオマンマはどうするのか……兄貴は、ボンナカのケンカはなんぼこちらに分があっても早期解決するべきなんだと言っているのだろう。

「高志、いまのヤクザはやりにくくなったな。弱い所つかれたら一遍に終わりや。山岡組みたいな大きい組はこんなヤガラ（いちゃもん）して我々みたいな小さな組を潰しにかかるんや。これも時節や。そやけど、ウチみたいな小さな組でもチャチャ入れてきたらそれなりに噛《か》みつくんやぞという気構えだけ見せたったから、このケンカここで手打ちしてもいいのと違うか」

と寂しそうに竹井の伯父貴が言った。

「代貸、このケンカの落とし前、わしがつけますから、心配せんとっておくんなはれ」

と高志がニッコリ笑って言うと、代貸は、うんわかった、と口には出さず頷いた。

　こうして、このケンカの手打ちが一週間後に執り行われた。ケンカの当事者同士はお互い処分、組織同士はお咎めなし。これを機会に組同士は良い付き合いをしていこうと、なんともありきたりな綺麗事で治まった。兄貴はその日のうちに左小指をデバ包丁で詰めて謹慎（一年間大阪所払い）となった。

　俺はだんだんとこの世界の不条理とかを理解し始めた。兄貴が酔ったらよく口にする、

「俺たちヤクザは、十たらずの半端モンや。せめてカッコだけはつけていこう」

　という意味がやっとわかってきた。

旅立ち「大阪所払い」

兄貴がエンコ詰め（小指を詰めたこと）をし、「大阪所払い」の回状が全国のヤクザ組織に回った後、ぶらっと俺の六畳一間のアパートにやってきた。

「竜夫、ちょっと飲みに行こうや。明後日、俺、大阪出るから」

俺は「へい」と言って、兄貴のお供をした。淡路駅前商店街の横路地に「次郎長」という汚い居酒屋がある。そこの大将は昔からの馴染みで兄貴や俺をよく可愛がってくれたが、その大将が今回の事件も知っていてすぐに、

「高志ちゃん大変やったなぁ。傷は大丈夫かいな……あんたが地元にいてくれるから、わてらは安心して商いできるんやで。おおきにな」

と言ってビールを注いでくれた。兄貴が、

「大将、当分この汚い店にも顔出されへんけど、元気でやっといてや」

と言ってやると、大将も「おおきに、おおきに」と別れを惜しんでいた。

俺はそんな二人の会話を聞きながら、兄貴が淡路にいなくなったらどうなるんやろうと、ふっと不安にもなった。

俺は兄貴と酒を酌みかわした。

「兄貴、指痛いことおまへんか……」

俺はバカげた質問をしてみた。

「竜夫、いまものすごく痛いわ。詰めるときは頭の中で『唐獅子牡丹《からじしぼたん》』のメロディーがかかっていてそんなに痛さも感じんかったけど、二、三日経つと、ものすごく痛いなぁ」

と薄ら笑いを浮かべていた。そして、続けた。

「竜夫、だけどヤクザはまだましや。昔の侍は、なにか不始末あったら切腹《はらきり》したんやしな。こんなもん、まだ侍に比べたらましやなぁ」

「兄貴、今回の件、後悔してませんのか。兄貴一人が責任取って、なんや俺は納得できんとこもありますわ」

と俺が言うと兄貴は、

「竜夫、組織で決まったことや。いまさらどうこう言うな。組織あっての俺たちや。組織のために俺たちは命も捨てるし、くさい飯も喰いに行かなならんね。それがこの稼業や。お前も俺のもとに来て三年や。まだ褒められへんけど、だんだんええ男になってきたなぁ。俺が留守の間、組のこと頼んどくぞ。大きい組には気ぃつけよ」

兄貴はこれからの組織の心配をしていたのだろう。大きい組は力に物いわせて横車を押してでも小さい組を的に仕掛けてくる。そんな時代になってきているから気をつけよ、と言っているのだろう。俺が、

「兄貴、一年間どこ行きまんの？」

と聞くと、

「竹井の代貸が、『高志、すまんな、お前一人寂しい気持ちにさせて。堪えてくれよ。俺の渡世の兄弟分が九州の宮崎県で小さいが〈山根一家〉と看板上げてるから、そこに紹介状出したる。一年間、客人として遊んで来いや』と言ってくれたんや。代貸は、俺のもともとの兄貴分や。俺の留守の間、竜夫のこともちゃんと頼んであるから、なにかあったら代貸に相談せいよ」

俺は兄貴分のこんな気持ちがものすごく嬉しかった。外でザーッと雨の音がし

ていた。ときどき店のトタン屋根にも雨の落ちる音が聞こえる。兄貴が、

「竜夫、この雨は涙雨やな……別れ酒にはもってこいや」

と薄ら笑いを浮かべて言った。俺はこの人のもとで三年間任侠《にんきょう》を学んだことをものすごく良かったと思う。ヤンチャを繰り返して少年院から戻ってきて、ガキなりに突っ走ってきたヤクザ社会でも男としての生き方を教えてもらった気がした。兄貴と「次郎長」を出て、ほろ酔い加減で雨に濡れて家に帰るとき、

「兄貴、明後日は新幹線で行きますの？」

と聞くと、

「おお、そやけど見送りはええぞ。未練が残るからな。俺がいない間ちゃんと頼んどくぞ」

と言って背中を向けて帰っていった。俺は雨にぬれながら兄貴をずーっと見送っていた。淡路で飲むのも今日が最後、慣れ親しんだ土地を出ていく男の哀愁が背中に漂っていた。そんな兄貴の背中を見ていて無性に辛くなった。アパートに帰って俺は、横になってもなかなか寝つけなかった。考えるのは兄貴の寂しそうな姿ばかりだ。でも、そのうち、いつの間にか眠りについてしまった。

次の日、俺は竹井の代貸の家に行った。

「代貸、勝手言います。俺も一年間旅に出してください」

代貸が、

「旅、どこ行くんや?」

俺をじっと見てそう聞いてきたが、俺は黙っていた。

「竜夫、高志についていくのか。高志についていっても足手まといにならんか。高志も初めての旅修業や。一年間故郷に帰ってこれんということは、ものすごく辛いことやぞ。親が死んでも嫁さんが病気になっても、この一年間は故郷に帰ってこれんのやから、その覚悟があるのやったら好きにしい。お前みたいなチンピラ、ここにいてもそれほど役にも立たんし、どこでも好きな所行ってもいいぞ……そやけど一年間だけやぞ」

と代貸が顔を綻ばして言ってくれた言葉に、俺は、口では厳しいことを言っているが俺の気持ちを汲み取っていてくれていると感じた。

「代貸、おおきに。一年間勝手さしてもらいます」

と言いながら深々と頭を下げて家を出た。

翌日、新大阪駅新幹線の九州行きホームのベンチに腰かけていると、階段を上ってくる兄貴の姿が目に入った。

兄貴も俺を見つけて近づいてきて、

「見送り、ええ言うたろ。なんで来てん」

と言うので、

「兄貴、お供しますわ。九州でも北海道でもどこでも兄貴と一緒ですわ」

兄貴は目で笑って、

「竜夫、いろんな土地で問題だけは起こすなよ。指詰めるの、もう嫌やからな……」

と言った。俺たちは、新幹線「ひかり」で九州の福岡に向けて出発した。

新幹線の窓から住み慣れた大阪の町を見つめながら俺は思った。人間の人生なんか、どこでどうなるかわからん。なるように生きていく、それで良いのと違うか。

「くすぶり」のハンパ者やけど、人生、カッコだけつけて生きていこう、と。

第三章　極道への誓い

宮崎へ

俺と兄貴分の河村高志は、九州の宮崎県の市内にある一本どっこの組織「山根一家」に客分としてわらじを脱いだ。

山根一家は組長山根康夫を頂点に、子分が十人ほどの一家だ。商店街で出店をしたり、古くからのスナックや居酒屋の用心棒代をもらったりして細々と暮らしている組織だ。宮崎にはもう一つ、山根一家の組長の弟が構えている「山根組」というのもある。こちらは神戸山岡組の直参で九州大分の「西井組」の傘下組織だ。親分同士が兄弟でも本家の代紋が違うから、若い衆同士はよくいざこざがあるみたいだ。

俺と兄貴分の河村は山根一家の組長に挨拶を終え、厚いもてなしを受けた。

「一年と言わず、ゆっくり好きなだけおったらいいいけ。なんも遠慮することなか」

と言ってもらい、その日から俺たちは、宮崎市を流れる大淀川の端にある文化住宅に身を落ち着けた。

「兄貴、これから一年ここで住むけど、飯はどうやって食べていきますの……」

俺は、思っていたことを聞いてみた。

「毎月、竹井の兄貴から十万円仕送りがあるけど、ちょっと足らんかもしれんな」

と兄貴は笑って言ったが、まあなるようになるわ、とそれほど深い考えもないみたいだった。

「兄貴、俺、明日から山根の親分に頼んで屋台でもなんでもしますわ……俺が無理についてきたんやから、自分の食い扶持くらいなんとかしますわ」

と言うと、

「竜夫、気ぃ使うな。一年くらい乞食しててもすぐや。俺たちはここで一生終わらすのと違うから、人様がステーキ食べてたら、俺たちは爪楊枝《つまようじ》くわえて、美味しいもん食べたんやというとこ見しとこや」

俺はこの言葉を聞いたとき、兄貴はさすがだと思った。武士は食わねど高楊枝というが、そうや、俺たちはいま人の土地にやっかいになっているのだから、贅沢できるはずはない。

他人《ひと》から、

「あー、あの客人たちはできてるな」

と言われてこそ旅修業の意味があるのだし、俺も兄貴とどんなことをしてでも耐えて、一年したら大手を振って大阪に帰ってやろうと思った。俺と兄貴はその夜、旅の疲れもあったのか、ぐっすり眠った。

翌日の昼前、俺たちの寝ている所に一人の男がやってきた。男は「山根一家若頭補佐、氏原健吾」と名乗り、

「客人、手前、親分から言い付かっております。なにか不自由があったら、いつでも遠慮せず言ってください。当分、自分が世話を見させてもらいます」

と言ってくれた。俺はこの人を見て、九州者らしい骨のあるヤクザだと感じた。

俺は、極道にもいろいろなタイプがあると思っている。口先で生きている「香具師《やし》」(テキヤ・物売り)とか「博賭打ち」「総会屋・事件屋」など。

この氏原健吾という人物は、目が鋭く口数が少なく、どこか武骨者というよう

「すんまへん。えらい気を使わして申し訳ないです」

　と言うと氏原は、

「客人たちの事情、よく聞いてます。組を思っての今回の旅、立派なもんです。手前もそのような人たちの世話人となったこと、ものすごく誇りに思っていますから、なんでも言ってください」

　と言いながら、背広の内ポケットから封筒を差し出した。

「これ当座の入用に使ってください」

　兄貴が、

「氏原はん、痛みいります。遠慮のう使わしてもらいます」

　と言って受け取ると、氏原健吾は帰っていった。

「兄貴、あの人は一本筋が入っているみたいやな」

　と言うと、

「ああ、あの人はホンマモンの極道やで」

「そやけど、なんで金受けとったん」

と俺が聞くと、兄貴は、

「竜夫、俺たちはこの土地でワラジ脱いでるんや。人の家でご飯を食べさしてもらうのは、それ相応の覚悟なんや。客分というのはそういうもんや。だから、厚意は断ったらあかんね」

そう言われたとき俺は、そうか、世話になっている組織や一家に間違いごとがあれば、我々客分が一番に命、体を張っていかなければいけないのだ、と思った。それが旅修業の掟なんだと、つくづくいまの境遇を思い知らされた感じだった。

俺と兄貴は毎日、山根一家の本宅に挨拶に行ってなにか用事がないか伺い、なにもなければ二人で宮崎市内をブラブラしていた。市内には一番街と橘通りという商店街があり、夕方になると結構ネオンがあっちこっち華やかだった。

ある日、俺と兄貴が商店街の入り口の所にあるパチンコ屋の前になにげなしに立っていると、

「客人、なにしてますの？　今日うちの親分の親戚が神戸から来るけー、夜ちょっと顔出したらどげ」

と氏原健吾が言ってきた。兄貴は、

「そんなおそれ多い席にわしたちが顔出したら、酒の席がまずなりまっしゃろ」

と言って初めは断ったが、氏原さんがどうしてもと言うので、

「わかりました。店は、姐さんの所の『月下美人』ですね。時間に行かしてもらいます」

と言って俺たちは氏原さんと別れた。

「兄貴、『月下美人』は山根の親分の姐さんの店やな。いったい神戸から誰が来るの」

と聞いてみたが、「山根一家は大阪の花田組と親戚付き合いしてるから、その関係やろ」とのことだった。

その夜、俺たちが「月下美人」に行ってみると、十五人くらいの一見どこから見てもヤクザという男たちが、山根の親分や若頭、東さんそして氏原さんたちと懐かしそうに酒を飲みながら話していた。兄貴と俺がまず山根の親分に、

「こんばんは。今日は呼んでもらい有難うございます」

と挨拶すると、

「おお、高志。よう来た、よう来た。こっちは俺の兄弟分で、神戸で一家構えて

いる西井というんや」

と上機嫌で紹介した。そこで兄貴は男たちに挨拶した。

「大阪・神崎会の河村高志といいます。いま事情があって当家にやっかいになっています。よろしゅうおたの申し上げます。こいつはわしの舎弟で竜夫いいます」

俺も、

「羽山竜夫いいます。よろしくお願いします」

と挨拶して席に加わった。皆高級なブランデーをガブガブ飲んで和気藹々《わきあいあい》と時間を過ごしていたが、下っ端の俺はボックスの隅で誰と話すこともなく飲んでいた。

そんな俺の様子に気づいたのか氏原健吾が、

「竜夫はん、こんな偉いさんばかりの席窮屈やろ。ほかの所へ飲みに行こか」

と声を掛けてくれた。

「いや、わしのことは気ぃ使わんといてください。結構楽しましてもらっています」

と俺が答えていると、兄貴がこっちを向いて言った。

「竜夫、西井の組長がお前に頼みたいことがあるらしい」

俺が、

「へい、どんなことでっか」

と尋ねると、西井の組長が言った。

「わしにも君くらいの息子がいて、こいつがやんちゃばかりしてるんや。山根の兄弟に預けようと思って、明日こっちに来るねん。わしの息子の相手になってやってくれんかな。君やったら歳も同じくらいやし、頼むわ」

俺は一瞬、なんで子供の守りせなあかんね、と思ったが、兄貴の顔を見たら頷いているので、

「へい。わしに務まるかどうかわかりませんが、仲良うさせてもらいます」

こういう調子で、俺は山根一家親分の兄弟分で神戸西井組親分・西井一夫の実子・西井昭男の守り役となった。

逆上

翌日から俺は昭男と寝起きを共にして、奴とずーっと生活が一緒だった。奴は俺と年齢もかわらず、共に少年院帰りということもあって、なにかと話も合うし面白い男だった。ただ一つ違うのは、奴はヤクザの親分の実子、俺は行儀見習いから下積みのヤクザ修業の身、というわけで考え方は全然違うところもあった。奴は神戸の自分の親父の組でも、皆から「実子」「実子」と呼ばれチヤホヤされている。ここ宮崎でも山根一家の者は昭男のことを「実子」と呼んでいる。俺は奴とは「昭男」「竜夫」の仲だが、兄貴に、

「竜夫、昭男のことだが、皆のおる前では『実子』と呼んだれよ」

と言われた。奴はそういう境遇なんだと思った。

俺たちが将来組を興そうと思ったら、どれだけ大変か。だけど、奴は生まれながらにして親分の実子なんだから、なんの苦労もなく二代目親分になれるという

ことなのだ。二人だけでいるときに俺はよく昭男に言ってやった。

「おい、ヤクザの実子はアホでもクソでも大きくなったら親分になれるんやのう。そやけど、親父の大きした組を小そするのも潰してしまうのも二代目の責任やな」

そうすると昭男は、

「そうや。俺が代取ったらいまより大きせなあかんと思うと、ものすごくプレッシャーかかるわ。こんな宮崎みたいな田舎極道ばかりと違うからな。神戸はヤクザの元祖みたいな所やからな」

と言うのだ。その言葉を聞いて、昭男は昭男なりに苦労もしているらしいと思った。

俺と昭男は宮崎の市内で好き放題なことをしていた。暴走族や町のチンピラを捕まえては力で威嚇して金を脅し取ったり、車を取り上げたり、一躍宮崎市内で皆から恐れられるくらいに有名になった。若さゆえに端《はた》の者たちも大目に見てくれていた感じもした。

そんなある日、いつものように俺と昭男はつるんで市内の商店街をうろついていた。不良が溜まっている喫茶店に行くと、スーツを着た見慣れない男が二人いて、いつも溜まっている不良たちが縮こまっているように思えた。俺はスーツ姿の男を見て感じた。ああ、こいつらどこかの筋者や。昭男がそいつらに近づいて、

「おい、俺は神戸の西井一夫の実子、昭男や。お前らどこの者や」

と、すごみをきかして言った。すると相手は薄ら笑いを浮かべて、

「そんなものの言い方はないやろ。あんたも親父の看板、傷つけんような口の利き方しいや」

と返してきたので昭男は逆上して怒鳴った。

「なに、こら、もう一回言うてみ。ただでおかんぞ」

俺はさっと昭男の前に立ち、

「もうええやないか。相手の言うてることももっともやんけ」

と止めた。次いでそいつらのほうに向きなおり、

「俺は大阪の者やけど、いまこちらの山根一家にやっかいになってる羽山というのや」

と名乗ったが、相手は、

「俺たちは、大分の西井組の者や。山根組はわしらの伯父貴やし、宮崎に刺青突きに来たんや」

と言う。俺は〝なんやこいつら、こちらが名乗ってるのにカッコつけやがって〟と、内心ムカッときて言ってやった。

「そうでっか。いまから墨突くいうのやから、俺たちとそれほどかわらんということやな」

「なに、それどういう意味や」

「カッコつけやがって、ケンカするんやったらやったるぞ。こら」

と俺が大声出すと昭男も、

「そや、おんどれら。こら気にいらん奴や。いわしたろか」

といまにも飛びかかっていきそうな雰囲気になったので、俺は昭男を止めて相手に、

「一対一《さし》でやったるけ、どっちでもええぞ」

と言ってやった。相手は、

「おお、やったる。ここまでコケにされて黙ってられるか」

と言って上着を脱いでかかってきた。俺はすかさず相手の胸倉を摑むと、左拳で思いっきり相手の右目をどつき上げた。そのあと右拳、左拳でワン・ツーを顔面にヒットさせると、相手は仰向けにひっくりかえった。俺がもう一人の男に、

「おい、どないするね。かかってくるのか、こいつ連れて帰るのか、どっちや」

と言うと、口と鼻から血を出した男が立ち上がり、

「ケンカに自信もってるみたいやな。これで終わったと思うてたらあかんぞ」

と捨てゼリフを残して立ち去ろうとする。俺はその背中に、

「ああ、いつでも来いや。相手になってやるけ」

と言ってやった。昭男が、

「竜夫、ケンカ強いな。体大きいから大抵の人間には勝てるなあ」

と感心するので俺は言った。

「昭男、ケンカなんか体でするのと違う。気持ちでやるんや」

俺はこのときから、人間には二とおりの性格があると感じていた。血を見るとそこで怖じける人間と、血を見ると怖じけるどころか反対に逆上していく人間だ。俺は完全に後者の人間なんだ。

兄　貴

ケンカのあと俺たちは、その喫茶店で食事をしてビールを飲み、二人で映画を見て時間を潰した。夜の九時くらいに山根一家の事務所に帰ってみると、四、五人の人間がいる。なにかと思いながら、

「竜夫です。ただいま帰りました」

と挨拶すると、若頭の東が、

「お前ら、今日誰とケンカした。相手わかってやってるんか」

と怒鳴ってきた。

「若頭、あの奴ら、なんや。いつでもいわしたるわ」

と昭男が言うと若頭は、

「なに！　このボケナス。お前らは組織の仕組みがわからんのか」

と、また怒鳴りつけた。俺は、

「若頭、あんなチンピラ、そんな大層な人物ですの？」

と聞いてみた。すると、それまで黙っていた氏原健吾が口を開いた。

「ウチと山根組とは親分同士が兄弟やけど、上部団体が別々やからケンカになったらややこしいんや。なにしろ相手は飛ぶ鳥落とす勢いの山岡組やからなあ」

「氏原さん、やったんわしやから、わしが責任取りますわ」

「竜夫さん、どない責任とる？　責任のとり方、知っちょる？」

氏原が俺の顔を見てそう言うので、俺は一瞬圧倒され、どう答えていいのかわからなくなった。

そのとき、いままで黙っていた兄貴分の河村高志が言った。

「若頭、わしが竜夫連れて相手に謝ってきます」

俺は仕方ないと思い、

「兄貴、すんまへん」

と言うと、氏原健吾が、

「高志さん、別に頭下げに行かんでもいいのと違いますか。大分の者が宮崎でイチビッテ起きたケンカやけ、そんな大層に考えんでもよかよ」

　すると若頭が、

「氏原、そういうわけにいくか。このままほっとくというんか」

　と声を荒げたが、氏原は、

「若頭、なにもほっとくとは言うてなかけんど、もう少し相手の出方見るのもええのとちゃうか。相手がしかけてきたら、やったらよか。この際とことんやったらどぎゃ」

　と言うのだ。

　俺は、氏原健吾が、ヤクザのケンカは殺るか殺られるかや、殴った蹴ったのケンカではないんやから、トコトンヤッタレ、と言っているのではないかと思った。しかし、皆の熱気に押されたのか、結局、氏原健吾が山根組に電話を掛けた。

「一家の氏原やけど、今回の件、なんか言いたいことあったら聞いちゃるけ」

　誰に言ったのか、電話の向こうで怒鳴っている声が聞こえた。氏原は薄ら笑いを浮かべて、

「わかった、わかった。いつでも来たらよか」

　と言って電話を切った。氏原はこの電話で相手を挑発したのが嬉しいのか、う

きうきした感じで、若頭と高志の兄貴に、

「いつかはこうなる運命や。癌は早いうちに切ったほうがええんや」

となにげなしに言った。若頭は嫌そうな顔をして「あと任すからな」と誰にともなしに言って事務所を出ていった。俺と兄貴も、こんなことになった原因が俺と昭男の件だけに、少し気まずい気分だった。氏原が、

「竜夫さん、この件済むまで当分おとなしくしとき。昭男のガード頼んどくで」

と言うので、

「へい、わかりました。氏原さん、わしいつでも走りまっせ、覚悟できてますから」と言うと、氏原は、

「心配せんでよか。こんなこつ、よくやっとるから」

と笑いながら平気な顔で言ったのだ。

おれと昭男はこの日から山根一家の事務所で寝起きを共にした。俺も昭男も今回はいつものやんちゃで終わらないと思い、少し緊張していた。

「竜夫、相手来よるか。チャカ（拳銃）撃ちに来よるのとちゃうか」

「昭男、チャカでも刀でもなんでも持ってきたらええ。極道はイモ引いたら（腰

を引いたら）あかん。俺は腹括っている」

「よっしゃ、俺も一発男上げたる。竜夫、行くときは一緒や。死ぬときも一緒やで」

俺はこのとき、東映の任侠映画を真似て酔った気分になっていた。

俺たちは、このケンカを気にしながらも、毎日毎日外にも出ず、一日中事務所に引きこもっているうちにだんだん嫌気がさしてきた。ときとして若いエネルギーは怖さを吹き飛ばしてしまうのだ。昭男がそんなとき、

「竜夫、ちょっと町行こか。こんな所でくすぶっていてもしかたないで。山根組の奴らいたら、こっちからケンカしたったらええやん」

と言った。俺は一瞬、勝手なことしたら、また東の若頭や兄貴に怒られると思ったが、昭男が言ってるのももっともだと思って、

「そうやな、久しぶりに商店街に出てみよか」

と二人で事務所を出た。

二人して外の空気を思いっきり吸って、「やっぱりオモテはいいな」と笑って市内の商店街を歩いていると、いきなり黒い人影が横の路地から飛び出してきて、

俺を突き飛ばし、昭男に体ごとぶつかってきた。その瞬間、昭男が「うわー」という大声とも悲鳴ともつかない異様な声を出したと思ったら、その場に蹲ってしまった。俺は、〝しまった、やられた〟と思いつつも相手の背中に飛びついて相手を捕まえようとしたら、もう一人、横道に潜んでいた小柄な男に「おまんも死にたかか」と、右手で隠し持っていたドスで左脇腹を刺されていた。俺はすーっと全身の力が抜けていくのを感じた。俺たちを襲った二人の男たちは、

「おい、運があったら生きられるやろ……生きられたら神様に感謝してまともな人生生きや」

と俺に囁《ささや》いて走っていった。俺は奴が言った言葉を思い浮かべて、

「くそ、ここで死んでたまるか」

と思い、横で蹲っている昭男に近づいて、

「おい、昭男、大丈夫か。しっかりせいや」

と声を掛けたが、昭男は声も出せないのか、しきりに顔をゆがめ唸っているだけだった。俺も昭男も血だらけになって道端に倒れているものだから、通行人が警察と救急車を呼んでくれたらしい。気がつくと、俺は救急病院のベッドの上だ

った。高志の兄貴が椅子に腰かけて俺を心配そうにずーっと見ていた。

「竜夫、気がついたか。誰や、誰にやられてん。言うてみ」

とまくし立てて言ってくる。

「兄貴、すいまへん。いきなりやったんで、誰が誰かわかりまへんね」

俺が申し訳なさそうにそう言っているところへ、病室のドアが開いて、山根一家の氏原健吾が入ってきた。

「竜夫さん、どぎゃんな。大丈夫な、傷は。そうとう深かったみたいやで。当分安静にしとき」

と労わりの言葉をかけてくれた。俺が、

「すいまへん。昭男はどないなりましたん」

と聞くと、高志の兄貴が教えてくれた。

「昭男は病院から親分の家に移しているんや。竜夫、あとで警察から事情聴取に来るけど、どない言うかわかってるやろな。これは犯人がわからん限り通り魔の犯行や。わかったな。いらんことは一切言うことないぞ」

「兄貴、通り魔でっか。犯人は山根組の誰かと違いますの」

「アホか、証拠もないこと言って。これ以上この件大きするんか。そもそもこうなったのも、お前たちが飛んだりはねたりしてたからやろ。犯人わからん以上、仕方ないやないか」

俺はこのとき、客人として当地に厄介になっていてこんな問題を起こして、兄貴の肩身が狭くなっているのと違うかなと思った。そのとき、氏原健吾が、

「竜夫さん、心配しな。駅も空港も張ってるから、それらしい人間がいたら捕まえてくる。あんたらの無念はちゃんととったる」

といつものようにこの男独特の薄ら笑いを浮かべて言ったのだ。俺が氏原と高志の兄貴に、

「相手は最後に、『運がよかったら生きれるやろ。そのときは神様に感謝しいや』と言って立ち去りましたわ」

と話すと、氏原は少し目を険しくして、

「なかなかの根性者たい」

と言って病室を後にした。

病室に残っていた高志の兄貴から、

「竜夫、お前、大阪帰るか。俺もあと三、四ヵ月で謹慎とけるし、晴れて大阪戻れる日もそんな遠くもない。傷治ったら先に大阪帰って、俺が戻ってくる日を待っといてくれ」

と言われた。俺はそのとき、〝あー、兄貴はこれ以上俺がこの地でやっかいをかけたら大変なことになると考えて、俺に先大阪へ帰っていろと言ったんだ〟と思った。

「すんまへん、デキ悪い舎弟で。傷治ったら言うとおり大阪いんで兄貴帰ってくるの待っときますわ」

と言うと、兄貴はニッコリ笑って、

「大阪の組頼んどくぞ」

と言って病室を出ていった。まさかこれが兄貴分河村高志との永《なが》の別れになるとは夢にも思わなかった。

俺は刺された傷の痛みもあってかなかなか寝つかれず、朝、看護師が検診に来たときもウトウトしていた。そんなとき、ドアがノックされて背広姿の刑事三人が入ってきた。

「羽山竜夫か。ちょっと聞きたいことがあって来た。ケガ大丈夫か、話できるか」

と言う。

「ええ、寝たままでいいですか」

「ああ、ええぞ。西井昭男と二人で歩きよったら、いきなり見ず知らずの人間に刺されたち言いよるが、それ本当か？　なんか心当たりあるんと違うんか」

「いや、誰がなんのために俺たちにこんなことしたのか全然わかりませんわ」

ととぼけて答えてやると、もう一人の刑事が、

「こら、警察なめたらいけんぞ。お前らのやっとること、皆わかっとるんや。このままパクッてやろか」

と怒声で言ってくるので俺はカチッときて、

「おい、お前ら、どれだけ偉い刑事か知らんけど、病人の部屋入ってきてなに言ってるねん。俺は被害者やぞ。犯人捕まえて物言いに来いや」

と負けていないくらいの大声で言い返してやった。すると、最初に言葉を掛けてきた刑事が言った。

「悪かったたな。まあ、お前の兄貴分の河村高志が昨夜、山根組に一人で行って、事務所で寝起きしとるチンピラをデバで叩き切っとる。そやけ、お前の件となんか関係あるんかち思うただけたい」

俺は、この言葉を聞いて全身がカッとなり、傷の痛さも忘れてベッドの上に飛び起きた。

「なんやて。なんでや、なんで兄貴がそんなことせなあかんねん」

山根一家の者呼んでくれ、と俺は我を忘れて大声を出した。

「河村は訳はなんも言いよらん。ただ『極道は大阪でも東京でも九州でも一緒や。道は一つなんや』ち言いよったぞ。お前のこと心配しとったけ、傷が治ったら大阪帰らんね」

そう言って刑事たちは帰っていった。

俺はなにがなんだか意味がわからず、いても立ってもいられなくて、こんな所でノウノウと寝ているのが苛立《いらだ》たしく思えてきた。そんなところに氏原健吾がドアを開けて入ってきた。

「竜夫さん、おはよう。傷どうですか」

「氏原さん、どないなってるの？　なんで兄貴が……」

「竜夫さん、高志さんはこれ以上このゴタゴタを山根一家と山根組のケンカにすまいとして、現在処分されている河村高志の舎弟・羽山竜夫と山根組のチンピラとのケンカとしてかたつけたんや。高志さんが行く前に親分にこう言ってた。

『親分、同じ渡世兄弟でいがみ合ったり争い合ったりしてなんの得がありますの？　宮崎兄弟、仲良くしていってください。俺と竜夫が厄介になったばかりにこんなことになって本当にすんまへん。西井の組長に言って昭男も神戸に引き取らして、あとのことは自分がちゃんとします。いまから私は山根一家に草鞋《わらじ》を脱いだ一匹狼、山根一家とはなんの関係もありません。どうか許してください。最後のお願いとして、竜夫の傷が治ったら汽車に乗せて大阪に帰してやってください』

そう言って出ていったんよ。竜夫さん、あんたよか兄《あに》さんもったね」

俺はこの話を聞いて、兄貴が昨日この病室から出て行くとき、「竜夫、大阪の組頼んどくぞ」と言った本当の気持ちにいまさらながらに気がついた。俺と昭男とがこの地で好き勝手してきた責任を、なにも言わず自分の体で取ってくれた兄貴を心底尊敬した。

氏原さんに俺は、

「これからどうしたらいいんですか。このまま大阪帰れ言うんですか」

とすこし嫌味たらしく聞いてみた。そしたら、氏原健吾から思ってもいなかった言葉が返ってきた。

「竜夫さん、高志さんの気持ちわからんと。あん人、いまからここで刑を務めるんやけ。ここで務めるち、どういうことかわからんね。周りは敵ばかりや。地元のヤクザ者とケンカして傷を負わして刑務所に入ってきた者がどれほど大変か……あんた、わかってやらんね。あんたが大阪帰って、あん人を立派に出迎えに行ってやるのが、あんたがやることよ」

俺は、氏原のこの言葉を聞いて、「兄貴、いつになるかわからんが、元気で戻ってきてや。俺はそのときまでに頑張って男になってやる。兄貴に少しでも近づける男になってやる」と胸に誓った。

エピローグ

病院を退院して、俺は氏原健吾と一緒にタクシーに乗り込んだ。行き先は宮崎刑務所だ。今日大阪に帰るその前に、どうしても河村高志の兄貴に会って帰りたかった。無理に氏原健吾に頼み込んで、今日会えることになったのだ。高志の兄貴はまだ刑が決まらず、刑務所内にある未決監房に収容されていた。鉄格子と金網の窓越しに俺と氏原が座っていたら、すこし日焼けして頭を短く刈った河村高志がニコッと笑いながら入ってきた。俺はすかさず椅子から立ち、

「兄貴、御苦労さんです……すんまへん、俺がついてきたばかりにこんなことになって……」

「竜夫、傷もうええんか。いまやから言えるんやが、お前が刺されたときは、自分が刺されたのとおなじくらい痛かったぞ。治ってよかったの……」

兄貴が嬉しそうに言ってくれるのを聞いて、俺は涙が溢れてきて仕方がなかっ

た。

「竜夫、楽しかった。この思い出、刑務所に持っていってくるわ。お前も大阪帰ってしっかり留守を守っていてくれよ。何年なるかわからんが、また元気で会おうぜ」

俺は止まらぬ涙を拭きながら、

「兄貴、いつまでも待っています。今度会うときは、もっともっと立派な極道になっときます。だから早く帰ってきてや」

と、ここまで話したところで刑務官から、「はい、時間です」と言われ、俺たちは面会室を出た。帰りのタクシーの中で氏原健吾が言った。

「竜夫さん、この土地もだんだん変わっていくよ。だけど、変わったらいけんのは高志さんのような極道の心やな」

タクシーはいつしかＪＲの宮崎駅に着いていた。大阪行きの夜行列車に乗るとき、氏原健吾が、

「竜夫さん、これ列車の中で食べてぇ」

と言って弁当やビールをくれた。俺は心から礼を言った。

「氏原さん、本当に今までいろいろ厄介かけて……有難うございました。このご恩は一生忘れません。この旅で氏原さんと知り合えたこと、一生の思い出です。いつまでも元気でいてください」

氏原も、

「竜夫さん、久しぶりに男と会わしてもろたよ。大阪でええ男になりいや」

と言ってくれて、俺は車中の人となった。

あとがき

私が、この物語を書く気になったのは、主人公の羽山竜夫が義兄の友達で、私自身もよく一緒にお会いしていろいろな話を聞かせてもらう機会があり、そのとき、「現代の若者たちの青春のはけ口は、いったいどうなっているんだろう」と考えたからである。

しっかりとした目標を持っている若者たちはそれに向かって生きているが、やる気も目指すものもない者たちは、青春の炎をどこにぶつけているのか。くすぶった青春の炎をどこにもぶつけることもできず、青春時代を不完全燃焼で終わらせていいのかと思った。

この物語は、そんなゴンタクレの不良がヤクザ世界を知り、そこに身を置き、青春の炎をぶつけるストーリーなのである。

私は決してヤクザ世界を認めているわけではない。しかし、いまの青少年たちが行き詰って道に迷ったとき、私たちはどのように導いてやることができるであろうか。

青少年の非行が劣悪化しつつある今日、いろいろな問題を考えていかなければならないのが、われわれ大人である。そのためにも、かれらへの接し方・叱り方をもう一度考えてみるべきではなかろうか。


若いときにヤクザの世界を知り、後に覚せい剤や刑務所生活を体験していって、いまなおこの世界で生きている主人公と話をしていたとき、「これまでの生き方を後悔していませんか?」と尋ねたら、

「後悔の連続やってな……だけど、いまは、ええ人生やった思うてる。世間の人が経験できんやったこともお陰でできたし、人間、生きていくうえで逃げ出したくなることもあったけど、何事も逃げずに向かい合った」

この言葉を聞いて、この人の不完全燃焼だった青春は、ヤクザの世界を知って

一気に赤々と燃え上がったのだろうと思った。

いまの少年たちに言いたい。

どんな世界で生きようが、自分たちが生きてきた証を、どのような形でもいいから人生のどこかに残していってもらいたい、と。

著　者

著者プロフィール
出口 真理子（でぐち まりこ）
大阪市生まれ。
学校卒業後、さまざまな職業を経験し、現在は美容師をしながらフラワーアレンジメントなどの仕事も手がけている。

くすぶり

2004年 9 月15日　初版第 1 刷発行

著　者　出口 真理子
発行者　瓜谷 綱延
発行所　株式会社文芸社
〒160-0022　東京都新宿区新宿1－10－1
電話　03-5369-3060（編集）
03-5369-2299（販売）

印刷所　株式会社平河工業社

ISBN4-8355-7921-6 C0093